Σ FILES
〈シグマフォース〉機密ファイル

ジェームズ・ロリンズ
桑田 健［訳］

THE SIGMA FORCE SERIES Ⓧ
KOWALSKI'S IN LOVE／THE SKELETON KEY／TRACKER
SIGMA GUIDE
James Rollins

シグマフォース シリーズ Ⓧ
竹書房文庫

目次

短編

〈シグマフォース〉ガイド

Σ FILES

〈シグマフォース〉機密ファイル

コワルスキの恋

シグマフォース シリーズ 2・5

シグマフォース・シリーズ③『ユダの覚醒』で初めて登場したジョー・コワルスキは、体が大きく、頑丈さだけが取り柄のような男だ。どちらかというと頭の回転の鈍い彼は、高いIQを持つ兵士で構成されるシグマフォースの隊員の中では異質な存在と言える。それ以外にも、コワルスキには謎が多い。なぜ病的なまでに「サル」を怖がるのか？　シリーズ④の『ロマの血脈』では、シャイ・ロサウロと顔見知りであることが描かれているが、二人の間には過去にどんな接点があったのか？

その謎を探ると、『ユダの覚醒』の前に起きた、ブラジルでのある事件にたどり着く。

主な登場人物

ジョー・コワルスキ…………米国海軍の上等水兵
シャイ・ロサウロ……………米国国防総省の秘密特殊部隊シグマの隊員

その男の顔は見られたものではなかった……イノシシ用の罠《わな》にはまって逆さに吊り下げられているることを割り引いてもだ。しし鼻で、短く刈り込んだ髪は黒。身長二メートル近くある肉の塊が、濡れたグレーのボクサーパンツだけを身に着けた姿で木の枝からぶら下がっている。胸にはいくつもの古い傷跡が刻まれているが、鎖骨から下腹部にかけての血がにじんだ傷は、真新しいもののようだ。大きく見開いた目の奥の瞳は、恐怖で怯《おび》えている。

無理もない。

二分前、近くの海岸にパラグライダーで着地したドクター・シャイ・ロサウロは、ジャングルの中から響く男の悲鳴を耳にした。装備を外してから音を立てずに忍び寄り、少し距離を置いた木陰に隠れて様子をうかがっているところだ。

「あっちへ行けよ、この毛むくじゃら野郎め……！」

男の悪態は止まらない。とめどなく流れる言葉にはブロンクス訛《なま》りがある。おそらくアメリカ人だろう。自分と同じだ。

ロサウロは腕時計を確認した。

午前八時三十三分。

島は二十七分後に爆撃される。

だが、この男の命はそれまで持ちそうもない。

叫び声を聞いて集まってきた島の生物が、この男にとってはより差し迫った脅威だ。大人のマンドリルの平均体重は四十キロ以上で、その大部分を筋肉と歯が占めている。主な生息地はアフリカで、ブラジル沿岸のジャングルに覆われた島にはいないはずだ。発信機付きの黄色い首輪をはめていることから推測するに、このマンドリルの群れはサラザール教授の研究材料で、この辺鄙《へんぴ》な孤島に実験用の動物として運ばれてきたに違いない。マンドリルは果食性と考えられており、果物や木の実を好んで食する。

ただし、必ずしもそれだけとは限らない。

時には肉を食べることも知られている。

一匹のマンドリルが、罠にはまった男の周囲を悠然と歩いていた。チャコールグレーの毛を持つオスで、真っ赤な鼻の両側が青く筋状に盛り上がっている。このような配色を持つのは群れの中のボスのオスだけだ。冴えない茶色の顔をしたメスやほかのオスたちは、地面に尻をついて座ったり、近くの木の枝からぶら下がったりしている。そのうちの一匹があくびをした。長さ七、八センチはあろうかという犬歯と、鋭い門歯の列があらわになる。

ボスは囚われの身の男のにおいを嗅いだ。男は近づいたマンドリルにパンチを食らわそうとしたが、大きな拳は虚《むな》しく空を切った。

マンドリルのボスは後足で立ち上がり、激しく吠えた。口を大きく開くと、黄色の長い牙がむき出しになる。敵を威嚇《いかく》する仕草だ。ほかのマンドリルたちも獲物へと近づき始めた。

シャイも木陰を離れて群れに近づいた。全員の視線が集まる。シャイは手を高く掲げ、「シュリーカー」と呼ばれる音響装置のボタンを押した。装置が発するサイレンの音は、狙い通りの効果をもたらした。

マンドリルの群れが森の奥へと逃げていく。ボスは大きくジャンプし、低い木の枝をつかむと、枝を伝いながらジャングルの暗がりへと姿を消した。

ロープに吊るされたままの男もシャイに気づいた。「なあ……頼むからさ……」

シャイはすでに鉈《なた》を手にしていた。岩の上に飛び移り、鉈を一振りして麻のロープを切断する。

男は勢いよく落下し、やわらかな地面に体を打ちつけ、脇腹を下にして横になった。豊富な悪態の語彙《ごい》を駆使しながら、足首のロープをほどこうと苦労している。男はようやく絡まったロープから解放された。

「サルめ、覚えてろ！」

「マンドリル」シャイは指摘した。

「何だって？」

「今のはマンドリルよ。短いしっぽがあったでしょ」

「そうだったかな。俺にはでっかい歯しか見えなかったぜ」

男が立ち上がって膝を払った時、シャイは男の右の上腕部に米国海軍の錨《いかり》の刺青《いれずみ》が彫られていることに気づいた。退役軍人だろうか？　もしかしたら役に立つかもしれない。シャイは腕時計を確認した。

午前八時三十五分。

「ここで何をしているの？」シャイは訊ねた。

「ボートが壊れたんだ」男はシャイの細身の体をなめまわすように眺めている。

シャイが人間のオスからそのような視線を浴びるのは珍しいことではない……緑色の迷彩服に頑丈なブーツという、決してお洒落とは言えない今のような身なりであっても。肩まで届く黒髪は、耳の後ろでまとめて黒のバンダナで結んである。熱帯の暑さの中で、汗のにじんだ肌は濃いコーヒー色に輝いている。

じろじろ見ていることに気づかれたと悟り、男はあわてて海岸の方に目線を移した。「ボートが沈んだ後で、ここまで泳いできたんだ」

「ボートが沈んだの？」

「正確には、爆発したんだ」

シャイは無言で見つめたまま、詳しい説明を求めた。

「ガソリンが漏れていたんだ。そこに葉巻を落としたもんだから——」

シャイは鉈を握ったままの手を振って、それ以上の説明を遮った。三十分もしないうちに、島の北端の岬に迎えが来る予定になっている。それまでの間に、施設に侵入し、金庫を開け、抗体の入った容器を確保しなければならない。シャイはジャングルの奥に向かって歩き始めた。後ろに気配を感じる。男がぴったりと後についてくる。

「なあ……どこに向かっているんだ？」

シャイはバックパックの中から折りたたんだレインポンチョを取り出し、男に手渡した。男はレインポンチョに体を無理やり押し込みながら、シャイの後を追う。「俺の名前はコワルスキだ」ポンチョを後ろ前に着てしまい、直そうともがいている。「ボートを持っているのかい？　それとも、ほかにこの島からの脱出手段があるとか？」

細かいことを説明している余裕はない。「二十三分後、ブラジル海軍が焼夷《しょうい》弾でこの島を焼き払う予定」

「何だって？」男は手首を見た。腕時計なんてはめていないのに。

シャイは続けた。「午前八時五十五分、この島の北端の岬に脱出のための迎えが来る。それまでに、この島であるものを回収しないといけない」

「ちょっと待ってくれ。その前の話だけど、誰がこのくそみたいな島を焼き払うって？」

「ブラジル海軍。二十三分後」

「何てこった」男は首を横に振った。「このあたりにはほかにも島があるのに、よりによって爆撃予定の島にたどり着くとは」

シャイは男の愚痴を無視した。少なくとも、この男は立ち止まらずについてくる。それだけでも大したものだ。勇気があるのか、何も理解していないか、どちらかだろう。

「おい、見ろよ……マンゴーだ」男が黄色い実に手を伸ばした。

「触ってはだめ」

「何でだよ？　もう腹ペコで――」

「この島のあらゆる植物には、遺伝子の変異したラブドウイルスが空中散布されている」

男は手を引っ込めた。

「体内に摂取されると、ウイルスは脳の感覚中枢を刺激して、感染者の感覚が研ぎ澄まされる。視覚、聴覚、嗅覚《きゅうかく》、味覚、触覚のすべて」

「それのどこがいけないんだ?」

「その過程で大脳皮質の神経回路網が破壊され、狂暴化するのよ」

背後のジャングルから獣の咆哮《ほうこう》が聞こえてくる。それに呼応して、左右から短いうなり声や遠吠えが響く。

「さっきのサル……?」

「マンドリル。ええ、感染しているわ。動物実験が行なわれていたのよ」

「すげえな。『猿の惑星』のロケ地にしたらいいのに」

シャイは男を無視して前方を指差した。木々の間から見える小高い丘の上に、漆喰《しっくい》塗りの建物がある。「あそこまでたどり着かないといけない」

テラコッタのタイルが貼られた建物は、サラザール教授が研究用に借りていたものだ。世界各地で暗躍する謎のテロ組織が、そのための資金を援助していた。この人目につかない孤島で教授が行なっていた生物兵器の開発は、研究の最終段階にあったのだ。ところが二日前、世界規模の脅威と戦うアメリカの秘密特殊部隊シグマフォースが、ブラジルの熱帯雨林の奥地で教授の身柄を確保した。しかし、マナウス郊外にある先住民の村落がすでに教授の手でウイルスに感染させられており、その中には国際機関の運営する小児救援病院も含まれていた。

すでに発症している患者もいたため、村はすぐさまブラジル軍によって隔離された。治療のための唯一の希望は、サラザール教授の金庫の中にある抗体だ。

金庫の中にあった抗体、と言うべきかもしれない。

サラザール教授は、抗体をすべて破壊したと主張している。

この証言を得たブラジル政府は、一切の危険を排除するという決断を下した。今日の夕方、ハリケーン級の風を伴った嵐がこの付近を直撃するとの予報が出ている。高波によってウイルスがこの島から流され本土沿岸の熱帯雨林へと漂着することを、ブラジル政府は危惧しているのだ。ウイルスの付着した葉がたった一枚流れ着いただけで、赤道直下の熱帯雨林全域が感染してしまう危険もある。そのため、この小さな島に焼夷弾を投下し、あらゆる植物を焼き尽くす計画になっている。攻撃予定時刻は午前九時ちょうど。抗体が存在するかもしれないわずかな可能性に賭けて攻撃を遅らせるように説得したものの、ブラジル政府は首を縦に振らなかった。すべてを抹消する、それが彼らの決定だった。その対象には先住民の村落も含まれる。

「許容範囲内の損失」ということらしい。

シャイの心の中に怒りが湧き上がった。パートナーのマヌエル・ギャリソンの顔が浮かぶ。彼は小児病院から子供たちを避難させようとしたが、間に合わず、隔離され、自らも感染してしまった。病院内のすべての子供たちとともに。

「許容範囲内の損失」などという言葉は彼女の中に存在しない。

少なくとも今日は。

そのため、シャイは単独で任務を遂行することにした。高高度からパラグライダーで降下しながら、無線で計画を伝えたのだ。シグマの司令部は島の北端に脱出用のヘリコプターを派遣することに同意した。ただし、着地している時間は一分間だけ。それまでにヘリコプターに乗ることができなければ、この島で焼き殺されることになる。

自分にはその覚悟ができている。

しかし、もう一人はどうなのだろうか？

肉の塊のような男は、大きな足音を立てながら後ろをついてくる。口笛の音が聞こえる。この男は口笛を吹いている。シャイは男の方を振り返った。「コワルスキさんとやら、さっきの話を忘れたの？　ウイルスに感染すると聴覚が敏感になると説明したはずよね」いらだちをあらわにしながら小声で言い聞かせる。

「ごめん」男は後ろを振り返った。

「あと、そこの罠にも気をつけて」そう注意しながら、シャイは雑にカムフラージュされた穴を迂回《うかい》した。

「何だって――？」男の左足がアシの葉を編んで作った落とし戸の真ん中へと向かい、踏み抜いた。

シャイは肩で体当たりしてコワルスキを突き飛ばした。折り重なるように地面に倒れる。まるで煉瓦《れんが》の山の上に倒れたかのような感覚だ。いや、そんな比較は煉瓦に失礼だろう。

シャイは体を起こした。「罠にかかったばかりなら、足もとにもっと注意しなさいよ！　この一帯にはたくさんの罠が張り巡らされているんだから」

シャイは立ち上がり、バックパックの位置を直し、とがった槍《やり》が埋め込まれた穴の周囲に沿って歩いた。「私から離れないこと。私が歩いたところに足を置くように」

怒りで注意が散漫になっていたため、シャイは足もとに張られたコードに気づかなかった。

唯一の警告は小さな「ビーン」という音。

シャイは脇に飛びのいたが、手遅れだった。森の中からロープにつながれた丸太が飛び出し、シャイの膝を直撃した。脛骨《けいこつ》の折れる音がはっきり聞こえると同時に、体が宙を舞う――落下地点には罠の穴が大きな口を開けている。

シャイはとがった槍の先端をかわそうと体をひねった。だが、避けられるはずがない。

次の瞬間、シャイの体は再び煉瓦にぶつかった。

コワルスキが飛び出し、身を挺《てい》してシャイを罠から守ったのだ。跳ね返ったシャイの体が地面を転がる。脚から腰へ、さらに背骨へと、激しい痛みが走る。視界がかすんでいくが、不自然にねじれた膝から下は確認できる。

コワルスキが隣にやってきた。「うわあ、ひどいな……うわあ、ひどいな……」

「脚の骨が折れたわ」シャイは痛みをこらえながら伝えた。

「添え木を当てた方がいい」

シャイは腕時計を確認した。

午前八時三十九分。

残り時間は二十一分。

コワルスキもシャイが何を気にしているのか気づいたようだ。「俺が抱えてやるよ。そうすれば間に合うように脱出地点に着けるさ」

シャイは頭の中でもう一度計算した。照れくさそうに笑うマヌエルの顔が脳裏に浮かぶ――

大勢の子供たちの顔も。折れた骨の痛みすらをも上回る苦痛が、シャイの全身を貫く。自分に失敗は許されない。

コワルスキはシャイの表情から決意を読み取ったようだ。「その怪我じゃ、あの家まで行けるはずがない」

「ほかに選択肢はないのよ」

「それなら、俺が代わりに行く」そのコワルスキの言葉に、シャイは驚いたが、それ以上に本人が驚いている様子だ。けれども、コワルスキは宣言を取り消さなかった。「あんたは海岸まで直接向かうといい。俺はあの建物からあんたが希望するものを取ってきてやる」

シャイは顔を上げ、さっき出会ったばかりの男の顔をまじまじと見つめた。希望の光を探す。内に秘めた強さや、見た目からはわからない不屈の精神力が、この男にはあるのではないだろうか？　シャイの期待は裏切られた。けれども、やはりほかに選択肢はない。

「ほかにも罠があるかもしれない」

「これからは目を皿のように見開いて歩くさ」

「あの建物の金庫も……こじ開ける方法をここで教えていたら時間がなくなるわ」

「予備の無線はあるか？」

シャイはうなずいた。

「それなら、俺が向こうに着いたら無線で開け方を教えてくれ」

なって」

シャイは躊躇《ちゅうちょ》した――だが、その時間さえも惜しい。バックパックを下ろす。「前かがみに
　シャイはバックパックのサイドポケットに手を入れ、二枚の粘着式パッチを取り出した。一枚を男の耳の後ろに、もう一枚を喉仏の上に貼り付ける。「マイクロレシーバーとサブヴォーカライジング用のトランスミッターよ」

　シャイはてきぱきと無線のテストをしながら、自分たちが直面している状況を説明した。

「太陽の光を浴びながらののんびりとした休暇はお預けということか」コワルスキがつぶやいた。

「ナイフも渡しておくわね。あと、もう一つ」シャイは付け加えた。バックパックの中から三つに分解された武器を取り出す。「VKライフルよ」シャイは手際よくライフルを組み立て、太い円筒形のカートリッジをライフルの下部に装着した。ずんぐりとしたアサルトライフルのようだが、銃身は横幅があり、水平につぶれた形状をしている。

「安全装置はここ」近くの茂みに銃口を向けてから、シャイは引き金を引いた。かすかな機械音しか聞こえない。銃口から発射された何かが茂みに飛び込み、木の葉や枝を切り裂いた。

「直径二センチのディスク状の刃が銃弾の代わり。一発ずつ撃つことも、オートマティックで連射することもできる」シャイは切り替え方を教えた。「弾倉には二百発入っているから」

　コワルスキは再び口笛を鳴らして武器を受け取った。「この草刈り機はあんたが持っていた

方がいいんじゃないのか？　脚が使い物にならないから、のろのろとしか歩けないだろ」そう言いながら、ジャングルに目をやる。「それに、あのサルどもがまだいるだろうから」

「マンドリルだってば……私は携帯用のシュリーカーを持っているから大丈夫。さあ、行くわよ」シャイは腕時計を確認した。コワルスキにはすでに別の腕時計を渡してある。時間はぴったり合わせておいた。「あと十九分よ」

コワルスキはうなずいた。「また後でな」そう言ったかと思うと、道から離れ、深い木々の陰へと姿を消す。

「どこへ行くつもりなの？」シャイは呼びかけた。「道は――」

「道なんて気にしていられるかってんだ」コワルスキは無線を通して答えた。「ジャングルを突っ切る方が安全だぜ。罠も少ないだろうし。それにこの武器があれば、頭のおかしな教授の家まで真っ直ぐに道を切り開いて進める」

その通りであることを祈るしかない。引き返したり、やり直したりしている時間は残されていない。シャイは素早くモルヒネの注射を打ち、杖《つえ》の代わりとなる折れた枝を手に取った。海岸へと向かって歩き始めたシャイの耳に、マンドリルの鳴き声が届く。あれは飢えた動物の狩りの合図だ。

〈あの男がマンドリルよりも賢ければいいんだけど〉

そう思った瞬間、シャイの口からうめき声が漏れた。骨折した脚が痛んだわけでもないのに。

幸運なことに、今回はナイフを持っている。

＊　　＊　　＊

コワルスキは頭を下にして宙吊りになっていた……一日に二度もこんな目に遭うなんて。体を折り曲げて足首をつかみ、絡まった罠のロープを切断する。大きな音とともにロープが切れた。落下しながら衝撃に備えて体を丸める。着地と同時に、「うっ」という大きな声が漏れる。

「今のは何の音?」無線を通じてドクター・ロサウロが訊ねた。

コワルスキは手足を伸ばし、仰向けになったまま呼吸を整えた。「何でもない」コワルスキは不機嫌な声で答えた。「石につまずいて転んだだけだ」頭上で揺れるロープをにらみつける。あの美人のドクターに「また罠に引っかかりました」なんて言えるわけがない。それくらいのプライドは俺にもある。

「頭に来る罠だぜ」コワルスキは小声でつぶやいた。

「何?」

「何でもないって」サブヴォーカライジング用のトランスミッターは、どんなかすかな音でも拾うことができる。それをうっかり忘れていた。

「罠って言わなかった?　また罠に引っかかったのね?」

コワルスキは返事をしなかった。前にママから注意されたことがある。〈口をつぐんでいてみんなに馬鹿だと思われる方が、口を開いてやっぱり馬鹿だったと証明するよりましなのよ〉

「足もとをよく注意していないからよ」叱る声が聞こえる。

コワルスキは言い返したくなる気持ちを抑えた。相手の声から苦悩がにじみ出ていたからだ……それに恐怖も。コワルスキは黙って立ち上がり、ライフルを手に取った。

「あと十七分よ」ドクター・ロサウロが確認した。

「ちょうど建物の前まで来たところだ」

太陽の光を浴びて色あせた建物は、鬱蒼《うっそう》とした大自然の中に忽然《こつぜん》と現れた静かなオアシスのようだ。人工的な直線と無機質な外観が、伸び放題に絡み合った豊かな緑と好対照を成している。森を切り開いて作った百メートル四方ほどの空間には三棟の建物が並び、それぞれが屋根付きの通路で結ばれていた。手入れの行き届いた庭園の中央には三層から成るスペイン風の噴水があり、青や赤のガラスタイルで彩られている。ただし、噴水から水は出ていない。

コワルスキは背中を伸ばして凝りをほぐしながら、施設の様子を観察した。人の手が入った敷地内で動いているのは、風に揺れるココヤシの葉だけだ。嵐の接近を前にして、すでに風が強まっている。南の空の水平線近くには雲の塊が見える。

「サラザール教授のオフィスは中央の建物の裏手に位置している」ロサウロの声が無線を通じて指示を与える。「周囲のフェンスに注意して。まだ電気が流れているかもしれないから」

コワルスキは金網のフェンスを見つめた。高さは二メートル以上あり、最上部にはコイル状の鉄条網が巻き付けられている。フェンスとジャングルとの間には、木々を焼き払って作った幅十メートルほどの空間がある。文明と自然との境界線だ。

ここを行き来するのはサルだけかもしれない。

コワルスキは折れた枝を拾い上げ、フェンスに歩み寄った。顔をしかめつつ、枝の先端を金網の方に近づける。ふと、自分が裸足であることを思い出した。〈裸足だとアースをしているのと同じ効果があるんだっけ?〉……確信はまったくない。

枝の先端がフェンスに触れた瞬間、甲高い音が鳴り響いた。コワルスキはあわてて後ずさりしたが、すぐにフェンスが音を発しているのではないことに気づいた。音は左手に当たる海の方角から聞こえてくる。

あれはドクター・ロサウロのシュリーカーだ。

「大丈夫か?」コワルスキは呼びかけた。

沈黙が続く中、コワルスキは固唾《かたず》をのんで返事を待った――ようやく小さな声が聞こえた。

「マンドリルは私が怪我をしていると感づいたみたい。まわりに集まってきているわ。いいから早く行って」

死んだネズミをつつく子供のように木の枝でおずおずと何度もフェンスをつつきながら、コワルスキは本当に電気が通っていないことを確かめた。ようやく納得すると、ドクター・ロサウロから渡された針金切りで鉄条網を切断し、大急ぎでフェンスを乗り越える。よじ登った途端に電気が再び流れ始めるのではないかとびくびくしていたからだ。

反対側の芝生に着地すると、コワルスキは安堵《あんど》のため息を漏らした。青々とした芝生はゴルフコースだと言ってもおかしくないほどきれいに手入れされている。

「時間はあまりないわ」改めて言われるまでもない。「回収に成功したら、建物の裏手の庭に回って。そこから海岸に出られるから。島の北端の岬は海岸沿いに歩けばすぐよ」

コワルスキは中央の建物を目指して歩き始めた。風向きが変わり、湿った雨のにおいを運んでくる……それとともに、死臭も漂ってきた。太陽の光にさらされた肉が腐ったにおいだ。コワルスキは噴水の裏側で死体を発見した。

死体をよけて先に進む。顔の肉は食いちぎられて骨が露出し、服もずたずたで、腹部が切り裂かれている。膨張した腸がパーティーの飾り付けのように芝生上に散乱していた。頭のおかしな教授がいなくなってから、サルどもがここでパーティーを開いていたらしい。

死体を見ているうちに、コワルスキは男の手に黒の拳銃が握られていることに気づいた。スライドが開いている。弾切れだ。毛むくじゃらのサルの群れを追い払うだけの弾がなかったのだろう。コワルスキは自分の武器を肩の高さで構えた。物陰にサルが隠れていないかと目を凝らす。だが、サルの死体すら見当たらない。この男はよほど射撃の腕が悪かったと見える。あるいは、真っ赤な尻のサルどもが仲間の死体を持ち帰ったのかもしれない。おそらく、後で食べるためだろう。サルの世界にテイクアウトという考え方があるのかどうかは知らないが。

コワルスキはもう一度、周囲を確認した。異常はない。

建物に向かって歩き始める。だが、意識の隅で何かが訴えかけているような気がする。コワルスキは頭をかき、その何かを引っ張り出そうとした――けれども、何も出てこない。

コワルスキは建物の前面にある木製のポーチへ上り、扉の取っ手をつかんだ。掛け金がかかっているが、鍵は開いている。コワルスキは片足で扉を蹴飛ばし、武器を構え、サルの軍団の総攻撃に備えた。

扉が大きく開いたが、ひとりでに戻ってくると、コワルスキの目の前で再び閉まった。舌打ちをしながら、コワルスキは再び取っ手をつかんだ。びくとも動かない。さらに力を込めても動かない。

鍵がかかっている。

「おいおい、冗談じゃないぜ」

蹴飛ばした時の衝撃で、たまたま部品がずれて鍵がかかってしまったらしい。

「中に入った?」ドクター・ロサウロが訊ねた。

「これから入るところだ」コワルスキはつぶやいた。

「何をぐずぐずしているのよ?」

「ちょっと待ってくれ……この状況は……」うまい言い訳を考えようとするものの、何一つ浮かんでこない。「誰かが鍵をかけたみたいだ」

「窓から入れば？」

コワルスキは扉の両側にある大きな窓に気づいた。右側の窓からのぞき込む。中にあるのは小ぢんまりとしたキッチンで、オーク材のテーブル、深いシンク、古いほうろうの食器が見える。ここならよさそうだ。もしかしたら、冷蔵庫の中に瓶ビールが冷えているかもしれない。そうだとしたら最高だ。もちろん、その前に仕事を片付けなければならないが。

コワルスキは窓から離れ、銃口を向け、引き金を引いた。銀色のディスクが発射され、通常の銃弾と同じように窓ガラスを貫通する。穴の周囲のガラスには亀裂が入っている。

コワルスキの顔に笑みが広がった。これならいける。

ポーチの端に注意しながら、コワルスキはさらに一歩下がった。親指でスイッチをオートマティックに切り替え、残ったガラスを目がけて乱射する。

コワルスキは窓の残骸から首を突っ込んだ。「ごめんください、誰かいますか？」

その時、コワルスキの目は、壁に突き刺さったディスクの近くのコードからパチパチと火花が出ていることに気づいた。どうやら電源コードに傷をつけてしまったらしい。壁にはほかにもいくつものディスクが食い込んでいる……そのうちの一つが、ストーブにガスを供給する管を切断していた。

舌打ちをしている余裕すらない。

体を反転させてジャンプしたコワルスキの背後で爆発が起きた。熱風で体が吹き飛ばされ、風にあおられたポンチョが頭に引っかかる。地面に落下したコワルスキのすぐ上を、火の玉が渦を巻きながら通過していく。ポンチョが絡まったまま、コワルスキは地面を転がった——切り裂かれた死体にぶつかって体が止まる。熱さにのたうちながら、コワルスキは必死に手をばたつかせたが、指に触れるのは死体のぬるぬるした腹部の傷口か、べとべとした気味の悪い物体ばかりだ。

激しく咳き込みながら、コワルスキは何とか死体から逃れ、ポンチョを脱いだ。立ち上がると雨に濡れた犬のように体を震わせ、腕に付着した血や内臓を振り払う。コワルスキは建物へと目を戻した。

キッチンの窓の奥は炎に包まれている。割れた窓ガラスから激しく煙が噴き出す。

「何が起きたの？」ドクター・ロサウロの不安そうな声が聞こえる。

コワルスキは首を横に振るばかりだ。割れた窓から炎が顔をのぞかせ、木製のポーチに燃え移ろうとしている。

「コワルスキ？」

「爆弾が仕掛けられていた。俺は大丈夫だ」

コワルスキは脱ぎ捨てたポンチョの下から武器を回収した。ライフルを肩に担ぎ、建物の側面に回り込もうとする。ドクター・ロサウロの話だと、教授のオフィスは建物の裏手にあるとのことだった。

ここから手際よく進めていけば――

腕時計を確認する。

午前八時四十五分。

ヒーローが本領を発揮するのはこれからだ。

コワルスキは建物の北側を目指して足を踏み出した。裸足のかかとが死体の内臓を踏みつける。まるでバナナの皮のようによく滑る。足を滑らせたコワルスキはうつ伏せに倒れた。体と同時にライフルも地面に叩きつけられ、そのはずみで引き金にかけていた指を引いてしまう。銀色のディスクが飛び出し、中庭へと走り出てきた人間に命中した。片方の腕が炎に包まれている。男は大声で吠えた――苦痛の悲鳴ではない。狂暴な野生の怒りが込められている。男が着ている白の執事服はぼろぼろだ。目は熱に浮かされたかのように爛々《らんらん》と輝いているが、目やにのような粘着性の物質で覆われていた。歯をむき出しにした口元から泡を吹いている。顔の下半分と、かつては真っ白だったシャツの前部は血で赤く染まっていた。

極めて珍しいことだが、その瞬間にコワルスキはすべてを悟った。さっきから何かが頭に引っかかっていた。どうしてここにサルの死体がないのか、気になっていたのだ。サルどもが共食いでもしたのだろうと思ったのだが、そうだとすればなぜここに人間の肉がまだ大量に残されているのだろうか?

その答えは、サルがここを攻撃したのではなかったからだ。

この島でウイルスに感染したのは、サルだけではないらしい。

共食いをするのも、サルだけではないらしい。

腕が燃えているにもかかわらず、執事はコワルスキ目がけて突進してくる。ディスクが命中した肩と首から血が噴き出ているが、狂気に支配された人間をその程度で食い止めることはできない。

今度は狙いを定めてから、コワルスキは引き金を引いた。

ディスク状の刃が膝の高さで軌道を描く。

腱《けん》が切断され、骨が砕ける。執事はバランスを崩し、前のめりになってコワルスキの方へと倒れ込んできた。地面に倒れた執事の顔が、目の前にある。執事が手を伸ばし、コワルスキの喉に爪を食い込ませた。コワルスキはＶＫライフルを構えた。

「悪く思わないでくれよ」

コワルスキはライフルの銃口を大きく開いた執事の口に向け、目を閉じてから引き金を引いた。

人間のものとは思えない叫び声があがる――その声もすぐにやんだ。喉に食い込んでいた指が離れる。

コワルスキが目を開けると、執事はうつ伏せのまま動かない。

死んでいる。

コワルスキは体を横向きにしてから立ち上がった。周囲を見回し、ほかに襲撃者がいないのを確認してから、建物の裏手へと走る。窓があるたびに、中をのぞき込む――ロッカールーム、スチール製の檻《おり》がある研究室、ビリヤード室。

施設の正面では強さを増した風にあおられて、炎が激しく踊っている。雲のかかり始めた空に向かって、煙が高く舞い上がる。

次の窓の奥にある部屋には、巨大な木製の机と、床から天井まで届く高さの本棚がある。ここが教授の書斎に違いない。

「ドクター・ロサウロ」コワルスキは小声で呼びかけた。

返事がない。

「ドクター・ロサウロ」少し大きな声で、もう一度呼びかける。

コワルスキは喉に手を当てた。トランスミッターがなくなっている。執事と争っていた際にもぎ取られてしまったのだ。コワルスキは中庭の方を振り返った。激しさを増した炎は、空にまで届きそうだ。

一人で何とかするしかない。

コワルスキは書斎へと視線を戻した。窓の少し先の壁に書斎への扉がある。扉はほんの少しだけ開いている。

コワルスキは違和感を覚えたが、それが何なのかわからない。

残り時間が刻一刻と少なくなる中、コワルスキは武器を構えて慎重に前へと進んだ。ライフルの先端で扉をそっと押し開ける。

もう何が出てきても驚かない。

狂暴化したサルでも、頭のおかしくなった執事でも。

だが、肌にぴったりと密着したチャコールグレーのウエットスーツを着た若い女がいるとは、予想すらしてなかった。

開いた金庫の前にしゃがんでいた女は、扉が開く音を聞きつけると、バックパックを肩に掛けながらしなやかな身のこなしで立ち上がった。濡れてぼさぼさになった漆黒《しっこく》の髪が翻《ひるがえ》る。日に焼けた肌は蜂蜜のような色だ。灰色がかった濃いキャラメル色の瞳が、コワルスキの姿をとらえる。

片手に握った九ミリ口径の銀のシグ・ザウエルを向けながら。

コワルスキは自分のライフルを室内に向けたまま、入口の脇へと隠れた。「あんたは誰なんだ？」

「私の名前はコンデサ・ガブリエラ・サラザールよ、セニョール。あなたは夫の所有地に無断で侵入しているわ」

コワルスキは顔をしかめた。例の教授の妻だ。美人が決まって賢い男を好きになるのは、どうしてなんだろう？

「あんたはここで何をしているんだ？」コワルスキは呼びかけた。

「あなた、アメリカ人でしょ？　きっとシグマフォースね」女は最後の一言を嘲笑《あざ》うような口調で吐き捨てた。「私は夫の抗体を回収しにきたの。これを交換条件にして、夫の解放を要求するつもり。あなたには私を止められやしないわ」

銃声とともに銃弾が扉を貫通する。破片が飛び散り、コワルスキは扉から離れた。

あの女は銃の扱いに慣れている。場数を踏んでいるに違いない。しかも、教授と結婚しているのなら、俺よりＩＱが高いに決まっている。

美人でスタイルがいいだけでなく、頭もいい。

人生は不公平だ。

コワルスキは書斎の入口を警戒しながら建物の裏手へと向かった。悪いやつらは顔も頭もいいものだと相場が決まっているのだろうか？

耳元で窓ガラスが粉々に砕けた。銃弾が首筋をかすめて通過する。コワルスキは姿勢を低くして、壁に背中を付けた。

あの女は教授の書斎から出て、建物の内部を移動しながらこっちの動きを追っているに違いない。

頭がよくて、銃の扱いに慣れていて、しかも建物の構造に詳しい。

ここにいる化け物どもから逃れることなど、朝飯前だったはずだ。

遠くから新たな音が聞こえてきた。ヘリコプターのローターの回転音だ。次第に近づいてくる。脱出用のヘリコプターに違いない。コワルスキは腕時計に目をやった。予定より早く到着したに決まっている。

「仲間のところへ急いだ方がいいんじゃないの？」建物の中から女が呼びかけた。「今ならまだ間に合うわよ！」

コワルスキは手入れの行き届いた裏庭の芝生を見つめた。その先に海岸が見える。だが、身を隠せるような場所はない。数歩も進まないうちに、あの女に射殺されてしまうだろう。

死にたくないならやるしかない。

コワルスキは両脚に力を込め、大きく深呼吸をしてから跳び上がった。銃弾で割れた窓に向かって背中から突っ込む。ライフルはしっかりと腹部に抱え込んでいる。床に着地したコワルスキは、ガラスの破片が皮膚に食い込むのを無視して、床の上を回転した。

体を起こし、低い姿勢のままライフルを構え、周囲をうかがう。

室内には誰もいない。

逃げられた。

今度はこの建物の中で追いかけっこをしなければならないようだ。

コワルスキは窓の向かい側の扉へと進み、廊下に出た。天井に沿って煙の帯が流れている。

建物内はオーブンの中のように暑い。コワルスキは女が肩から掛けていたバックパックを思い返した。すでに金庫の中身は回収しているに違いない。それならば、いくつかある出口の一つへと向かうはずだ。残り時間が少ないのは、あの女も同じなのだから。

コワルスキは隣の部屋に近づいた。

サンルームだ。全面ガラス張りの壁の向こうに、広々とした裏庭と芝生が見渡せる。室内には籐《とう》製の家具やついたてがあり、その陰に身を隠すことができる。何とかしてあの女をおびき出さなければならない。裏をかかないと。

そうだ、いい手がある……

コワルスキはサンルームへと入り、壁沿いに移動を始めた。

部屋を横切る。何も起こらない。

コワルスキは部屋の反対側にあるアーチ状の出口まで到達した。建物の裏手に通じている。

その扉が開いていた。

コワルスキは心の中で悪態をついた。自分がサンルームに入った時、あの女はここから外へと出たに違いない。今頃はホンジュラスだかどこだか知らないが、目的地へと向かっていることだろう。コワルスキは扉を走り抜け、建物の裏手のポーチに飛び出した。周囲を見回す。

女はいない。

裏をかくことはできなかった。

熱を持つ銃口が後頭部に突きつけられる。その瞬間、コワルスキは自分と女とのＩＱの差を思い知らされた。さっき自分が考えたように、女も遮るもののない裏庭を走り抜けるのは危険すぎると判断したに違いない。そのため、ここでコワルスキを待ち伏せしていたのだ。

女からはコワルスキと会話を楽しもうという気配すら感じられない……もっとも、女が喜ぶような当意即妙な返しをコワルスキに期待するのは無理というものだが。女が発したのはたった一言。「さようなら《アディオス》」

甲高いサイレンが、銃声をかき消した。

鳴り響いた突然の音に、二人は跳び上がった。

幸運にも、コワルスキは左に、女は右によけた。

銃弾のかすめたコワルスキの右耳に、焼けつくような痛みが走る。

コワルスキはすぐに体を反転させ、ライフルの引き金を引いた。狙いを定めている余裕はない。引き金を握る指に力を込めたまま、腰の高さで撃ちまくる。その途中でポーチの端から足を踏み外し、コワルスキは転落した。

もう一発の銃弾が鼻先をかすめる。

コワルスキは丸石を敷き詰めた小道に落下し、後頭部を嫌と言うほど強打した。そのはずみでライフルが指から離れる。

顔を上げると、女がポーチの端に立っていた。

シグ・ザウエルの銃口が向けられる。

銃を握っていない方の腕で、女は腹部を押さえていた。だが、ほとんど効果はない。切り裂かれた腹部からどす黒い血液とともに内臓がこぼれ出ている。銃を構える女の腕は震えていた――コワルスキと視線が合う。その瞳には驚きの表情が浮かんでいる。指から銃が落下すると同時に、女の体がコワルスキの方へと倒れてきた。

コワルスキは地面を転がりながら下敷きになるのを回避した。

湿った音とともに女は石の上に落下した。

風向きが変わり、ヘリコプターのローターの回転音が大きくなる。嵐の接近が早まっているようだ。コワルスキが空を見上げると、ヘリコプターは寝床に入る前の犬のように海岸の上空を一回りしてから、平坦な岩場に向かって降下を始めた。

コワルスキはガブリエラ・サラザールの死体へと戻り、彼女のバックパックを奪い取った。海岸に向かって走り始めたが、思い直して後戻りし、ＶＫライフルを回収する。こいつを置き去りにするわけにはいかない。

走りながら、コワルスキは二つのことに気づいた。

一つは、ジャングルの中から鳴り響いていたサイレンの音がやんでいること。もう一つは、ドクター・ロサウロから何の連絡もないこと。コワルスキは耳の後ろにテープで止めたレシーバーを確認した。まだちゃんと付いている。

どうして何も連絡してこないのだろうか?

迎えのヘリコプター――シコルスキーS-76が前方に着陸した。ローターの巻き起こす風で大量の砂が舞い上がる。野戦服を着た男がライフルの銃口を向け、ローターの回転音にかき消されまいと大声で叫んだ。

「止まれ! 動くんじゃない!」

コワルスキは立ち止まった。ライフルを下に向け、代わりにバックパックを高く掲げる。

「抗体とやらを持っているんだ」

ドクター・ロサウロはいないかと周囲の海岸沿いを探したが、彼女の姿はどこにも見えない。

「俺はジョー・コワルスキ上等水兵だ! アメリカ海軍所属! ドクター・ロサウロを手伝っている!」

ヘリコプターの機内にいるもう一人の男と何やら言葉を交わした後、ライフルを持つ男は近くに来るように合図した。回転するローターの下で首をすくめながら、コワルスキはバックパックを差し出した。もう一人の男が荷物を受け取り、中身を確認する。無線での言葉のやり取りが聞こえる。

「ドクター・ロサウロはどこだ?」男は訊ねた。この男がリーダーなのだろう。青い瞳が射るような視線を向ける。

コワルスキはかぶりを振った。

「クロウ司令官」操縦士が呼びかけた。「すぐに離陸しないといけません。たった今、ブラジル海軍が爆撃命令を出しました」

「ヘリに乗れ」男は強い命令口調でコワルスキに指示した。

コワルスキは開いた扉へと足を踏み出しかけた。

甲高いサイレンの音に、足の動きが止まる。音はすぐにやんだ。聞こえてきたのは浜辺の先から。

ジャングルの中からだ。

＊　＊　＊

ドクター・シャイ・ロサウロは枝の間に絡まるかのような姿勢で、広い葉を持つカカオの木の幹にしがみついていた。木の下ではマンドリルが集まって鳴き声をあげている。太腿に深い嚙み傷を負い、無線とバックパックはなくしてしまった。

数分前、マンドリルの群れに追われて木に登ったシャイは、自分のいるところから建物の様子が見渡せることに気づいた。ちょうどその時、後頭部に銃を突きつけられたコワルスキの姿が目に入った。だが、助けに駆けつけることはできない。そのため、シャイは唯一の有効な武器を使用した——シュリーカーだ。

だが、木の下のマンドリルが大音響に驚き、パニックを起こして逃げ惑う中で、シャイの乗った枝も激しく揺さぶられた。そのためシャイはバランスを崩し、シュリーカーを落としてしまった。何とか落下しないですんだものの、その直後に二発の銃声が聞こえてきたのだった。

希望の光が消えていく。

マンドリルの群れが戻ってくると、ボスがシュリーカーを拾い上げ、サイレンのボタンを押した。再び大音響が鳴り響き、群れは怯えた。だが、ほんの少しの時間だけだ。サイレンの効果は明らかに薄れてきている——それどころか、かえって群れの怒りを煽《あお》っているかのように見える。

シャイは幹に両手を回してしがみついた。

腕時計を確認し、目を閉じる。

子供たちの顔が目に浮かぶ……パートナーの顔も……

大きな音を耳にして、シャイは顔を上げた。上空を通過するヘリコプターの音だ。回転するローターの巻き起こす風で、周囲の葉が激しく揺れる。シャイは片手を差し出した——だが、すぐに下ろす。

もう間に合わない。

ヘリコプターが遠ざかっていく。ブラジル海軍の爆撃は今にも開始されるはずだ。シャイは棍棒《こんぼう》から手を離した——残っていた唯一の武器だ。今さら何の役に立つというのだろう？　棍棒は地面に落下したが、マンドリルたちの注意を引いただけだ。群れは攻撃を再開し、カカオの木のいちばん低い枝に飛びつき始めた。

シャイはそれをただ見ていることしかできない。

その時、聞き覚えのある声が飛び込んできた。

「この狂ったサルどもめ、皆殺しにしてやる！」

VKライフルを乱射しながら、大男が姿を現した。

マンドリルが甲高い鳴き声をあげる。体毛が飛び散り、血が噴き出す。

戦いのリングへと乗り込んできたコワルスキは、ボクサーパンツ一枚しか身に着けていない。

だが、手には武器が握られている。

コワルスキは引き金を引いたまま、体を回転させ、向きを変え、後ろを向き、地面に伏せる。

今度はマンドリルの群れも逃げ出した。

だが、ボスだけは逃げようとしない。後足で立ち上がり、コワルスキに負けじと大きな声で吠えた。長い牙がはっきりと見える。コワルスキもその表情を真似て、歯をむき出しにした。

「うるせえな、静かにしろ！」

そう叫びながら、コワルスキはボスに向けてライフルを乱射した。ボスの体が原形をとどめないほどずたずたに引き裂かれる。決着がつくと、コワルスキはライフルを肩に担ぎ、カカオの木へと近づいた。幹に寄りかかりながら、顔を上に向ける。

「そろそろ下りたらどうです、ドクター？」

全身の力が抜け、シャイは半ば転げ落ちるかのように木から下りた。コワルスキがしっかりと受け止める。

「抗体は……？」シャイは訊ねた。

「ちゃんと渡したよ」コワルスキは請け合った。「クロウ司令官とかいう人が持って、すでに本土へと向かっている。ヘリに乗るように言われたんだが、でも……その……あんたには借りがあるからな」

コワルスキの肩につかまって、シャイは脚を引きずりながら急いでジャングルを抜け、開けた海岸へと出た。

「どうやってこの島から脱出――？」

「心配するなって。美しい人妻が餞別《せんべつ》の品を残していってくれたんだ」コワルスキが示す先には、浜辺に乗り上げたジェットスキーがある。「夫のためを思ってこの島までやってきた、ガブリエラ・サラザールの愛情の深さのおかげだよ」

ジェットスキーにたどり着くと、コワルスキはシャイをそっと後ろに乗せ、自分はハンドルを握った。

シャイはコワルスキの腰に腕を回した。コワルスキの耳からは血が流れ、背中にも真新しい切り傷がいくつもある。名誉の負傷がさらに増えたというわけだ。シャイは目を閉じ、大男の裸の背中に頬を寄せた。感謝の気持ちと疲労感に体が包まれる。

「一途《いちず》な愛と言えばさ」そう言いながら、コワルスキはジェットスキーのエンジンをかけ、スロットルを開き、後ろを振り返った。「俺もそんな恋に落ちちゃったかもしれないな……」

シャイは「まさか」と思って顔を上げたが、再び背中にもたれかかった。

安堵のため息を漏らしながら。

コワルスキの視線は肩に担いだライフルに向けられていた。

「最高だぜ」コワルスキはつぶやいた。「こいつは誰にも渡さないからな」

セイチャンの首輪

シグマフォース シリーズ 5・5

シグマフォース・シリーズ⑥『ジェファーソンの密約』で、セイチャンはギルドの起源に関する手がかりをグレイに提供する。だが、セイチャンがどこで、誰から、どのようにして、その手がかりを入手したかについては、詳しく説明されていなかった。グレイが知っていたのは、セイチャンがフランスにいたらしいということだけ。グレイが気づいたのは、セイチャンの右耳の下に小さな傷跡があったことだけ。

彼女はフランスでどんな事件に巻き込まれたのか？　その答えは、光の都パリにあった。

主な登場人物

セイチャン……………ギルドの元工作員
レニー・マクラウド………スコットランド人の少年
クロード・ボープレ………フランスの歴史学者

喉元に突きつけられたナイフの感触で目が覚める。

少なくとも、そんな気がした。

セイチャンは完全に覚醒《かくせい》していたが、目を閉じたまま待った。とがったものが首筋に食い込むのを感じたが、眠っているふりをする。本能的に、動いてはいけないと悟ったからだ。少なくとも、まだ動いてはいけない。周囲を警戒しながら、セイチャンは五感を研ぎ澄ました。けれども、何かが動く音は聞こえない。むき出しの肌の上の空気が揺れる気配もない。他人の体臭も息遣いもない。かすかにバラの花の香りと消毒剤のにおいがするだけだ。

〈自分だけしかいないのか？〉

首筋への鋭い圧迫感を意識しながら、セイチャンは片目を開き、瞬時に周囲の状況を確認した。知らないベッドの上で仰向けになっている。室内にも見覚えはない。ベッドカバーはきめ細やかな織りのブロケードで、ヘッドボードの上には古いタペストリーが掛かっている。暖炉のマントルピースの上には、バラの切り花を挿したクリスタルの花瓶と、厚い大理石の台座を持つ十八世紀の金時計が並んでいた。時計の針は十時を少し回ったところだ。クルミ材のナイトテーブルに置かれたラジオ付きのデジタル時計も、同じ数字を示している。薄いカーテン越しにやわらかな太陽の光が差し込んでいるから、午前中のはずだ。

セイチャンの耳はこもった話し声をとらえた――フランス語。室内の装飾品や調度品もフランス風だ。声は部屋の外の廊下を通り過ぎていく。

〈ホテルの部屋〉セイチャンは推測した。

豪華で高級なホテルだ。自分が宿泊費を支払えるような場所ではない。

セイチャンはさらに数呼吸待ち、ほかに誰もいないことを確認した。

子供の頃、セイチャンは通りで生活する野生児で、バンコクのスラム街やプノンペンの裏通りを走り回りながら過ごした。今の職種に不可欠な能力は、あの当時に習得したものだ。ストリートチルドレンとして生きていくためには、注意力と、狡猾《こうかつ》さと、無慈悲さが必要とされる。かつての雇い主に見出され、通りから組織に取り込まれた時、ごく自然に暗殺者へと生まれ変わることができた。

それから十二年後、セイチャンはさらに別の顔を持っている。だが、その変化にあらがおうとしている自分もいる。新しい形は完成しているのに、粘土がまだやわらかいままで、固まるのを待っている、そんな気分だ。けれども、粘土が固まったら自分は何になるのだろうか？

セイチャンはかつての雇い主を裏切った。国際的な犯罪組織で、ギルドと呼ばれるグループだ――ただし、それはあくまで便宜上の呼び名で、正式な名称ではない。ギルドの正体と真の目的に関しては、所属する工作員たちにも明らかにされていない。

組織を裏切ったセイチャンには、拠り所も国籍もない。あるのはアメリカの秘密特殊部隊シグマに対するわずかな忠誠心だけだ。ギルドを操る真の指導者を突き止めるために、セイチャンはシグマにスカウトされた。ほかに選択肢がいくつもあるわけではない。自分が始末される前に、かつての雇い主を滅ぼさなければならないからだ。

セイチャンがパリを訪れた目的はそこにある。手がかりを探すため。

セイチャンはゆっくりと体を起こし、ワードローブの鏡に映る自分の姿を眺めた。枕に押しつけられていた黒髪はぼさぼさだ。エメラルドグリーンの瞳は焦点が定まっておらず、朝の弱い光すらもまぶしく感じる。

〈薬を盛られた〉

服は脱がされ、ブラジャーとショーツしか身に着けていない。武器や盗聴器を隠し持っていないか、身体検査をされたのだろう。あるいは、単に恐怖心を植えつけようという目的だったのかもしれない。黒のジーンズ、グレーのTシャツ、レザーのバイクジャケットは、ベッド脇にあるアンティークのルイ十五世様式のアームチェアの上にきれいにたたんで置いてある。アンピール様式のテーブルの上には、その危険さを嘲《あざ》笑うかのように、セイチャンの武器が整然と並べられていた。シグ・ザウエルはショルダーホルスターに収められたままだが、短剣やコンバットナイフは鞘《さや》から取り出されていた。光を反射した刃の輝きが目にまぶしい。

光り輝いているのは、首に巻き付けられた見慣れない装飾品も同じだ。

ステンレス製のバンドが首にきつく固定されていた。小さな緑色のＬＥＤライトが喉の付け根で輝いており、その真下では鋭い突起物が皮膚に深く食い込んでいる。

〈このせいで目が覚めたというわけね……〉

セイチャンは電子ネックレスに手を伸ばし、この器具を固定する仕掛けを探しながら、指先で慎重に表面をなぞった。右耳の下あたりに、ピンが入る程度の大きさの微小な穴がある。

鍵穴だ。

〈だが、誰が鍵を持っているのか？〉

心臓が大きく鼓動を打つたびに、喉元の突起が皮膚を圧迫する。怒りが湧き上がると同時に、セイチャンは背骨の付け根に冷たい恐怖を感じた。首輪の下に指を突っ込む。首が締め付けられ、鋼鉄の突起がさらに深く食い込み——

——セイチャンの全身を苦痛が貫いた。骨が焼けるように熱い。

セイチャンはベッドに倒れ込んだ。痛みに身をよじり、背中をそらすものの、胸が苦しくて悲鳴をあげることすらできない……目の前が暗くなる……意識を失う……

意識を取り戻し、セイチャンは安堵《あんど》感に包まれたが、いつまでも安心していられない。

目を開くと、口の中に血の味がする。舌を噛んでしまったようだ。うつろな目でマントルピースの上の時計を確認すると、気を失っていたのはほんの一瞬らしい。

感電のショックで体の震えが治まらないまま、セイチャンは再び体を起こし、足を床に下ろした。手を首に近づけないように注意しながら、居場所を確認するために窓へと歩み寄る。影が映らないように窓の横に立つと、セイチャンはカーテンの隙間から外の様子をうかがった。窓の下には広場があり、その中央にある見上げるような高さのブロンズ製の円柱の上にはナポレオンの像が見える。広場の周囲を取り囲む優雅な建物は、一階部分のアーチ状のアーケードや二階分の高さのある背の高い窓など、いずれも同じ造りをしており、装飾の施された柱やピラスターで区切られている。

〈まだパリにいる……〉

セイチャンは室内へと戻った。自分の居場所を正確につかむことができた。今朝早く、まだ街が目覚め始めた頃に、あの広場を横切ったばかりだ。窓の下にあるのは、高級な宝石店やブティックで知られるヴァンドーム広場。中央にあるブロンズ製のヴァンドームの円柱はパリのランドマークで、戦勝の記念としてナポレオンが奪ったロシアとオーストリアの千二百門の大砲を融かして製造された。円柱の表面にはナポレオンによる戦争の場面を描いた浅浮き彫りが、下から上へと螺旋《らせん》状に連なっている。

セイチャンは振り返り、豪奢《ごうしゃ》な室内を観察した。シルクと金箔がふんだんに使用されている。

〈まだリッツの中にいるに違いない〉

セイチャンがこのホテル――リッツ・パリに来たのは、ギルドと接点のある歴史学者と朝早くに会うためだった。組織内部で何か大きなことが持ち上がったらしく、セイチャンがコネを持つ相手の全員が動揺していた。このような騒動が起きた時には、えてして鍵のかかっているはずの扉が一時的に開け放たれたり、厳重な警戒が緩んだりする。情報を入手する絶好の機会だ。そのため、セイチャンは深く探りを入れ、強気に出て、正体を明かしかねない危険も冒した。

片手でそっと首輪に触れる――すぐに手を下ろす。

どうやら強引にやりすぎたようだ。

歴史学者との対面をお膳立てしたのは、信頼を置いていた接触相手だった。しかし、金で買うことのできる信頼には限界があると見える。歴史学者とはホテルの階下にあるヘミングウェイ・バーで会った。常連だったアメリカ人の文豪に敬意を表して改名したバーで、木製の羽目板とレザーの調度品が使用されている。歴史学者はこのバーが発祥と言われるブラッディ・マリーのグラスを手に、隅のテーブルに座っていた。椅子の横に置かれた黒い革製のアタッシュケースには、今まで明かされたことのない秘密が収められているはずだった。

セイチャンはバーで飲み物を口にした。

飲んだのは水だけだ。

気をつけていたのに。

今もまだ、口の中に違和感があり、頭もどこかもやもやする。

立ち上がって歩き始めたセイチャンは、低いうめき声を耳にした。バスルームの扉の奥からだ。最初に目が覚めた時、ほかの部屋を徹底的に調べなかった自分を責める。思考力が鈍っていたせいだ。

だが、この先はそんな不注意は許されない。

セイチャンはテーブルの上から拳銃の入ったホルスターをつかみ、音を立てずに素早く室内を横切った。バスルームの扉の手前に達すると、拳銃を取り出す。ショルダーホルスターが絨毯《じゅうたん》の上に音もなく落ちる。

セイチャンは扉に聞き耳を立てた。さっきよりも苦しそうなうめき声が聞こえた瞬間、セイチャンは拳銃を構えながらバスルームへと飛び込んだ。大理石を使った小ぢんまりとした室内を見回すが、洗面台にも便器にも人影はない。

その時、びっしりと刺青《いれずみ》の彫られた一本の骨ばった腕が、浴槽の中から姿を現した。弱々しく動くその腕は、まるで溺れかけている人が助けを求めているかのようだ。ハクチョウをかたどった金の蛇口を、指がしっかりとつかむ。

セイチャンが浴槽に近づくと、鳶《とび》色の髪の痩せた少年が、蛇口をつかんだ手を支えにして浴槽から這い出てきた。まだ十八歳にも満たないだろうか。痩せこけているために肋骨と肘と膝が浮き出ている。けれども、セイチャンは警戒を緩めなかった。銃口を少年の裸の胸に向ける。

ぼんやりとした表情を浮かべていた少年が、ようやくセイチャンの存在に気づいた。目を大きく見開く。目の前に半裸の女性がいることと、武器を突きつけられていることの両方に驚いている。少年は両手を上げてお湯の入っていない浴槽の中へと戻った。そのあわてぶりからすると、後ろの大理石の壁をよじ登らんばかりの勢いだ。

少年が身に着けているのはボクサーパンツだけだ——それと、ステンレス製の首輪。

自分と同じ首輪だ。

セイチャンと同じように首への圧迫感を覚えたのか、少年は喉を指で引っかこうとした。

「やめな」セイチャンはフランス語で警告した。

怯《おび》えた少年は首輪を引っ張った。緑色の光が赤に変わる。少年の全身が震え、床から三十センチほど体が浮き上がった。そのまま浴槽の中へと落下する。セイチャンは素早く前に踏み出し、少年の頭がかたい大理石に激突しないように手で支えた。手のひらを通じて電気が伝わってくる。

セイチャンの行動は少年を救おうとしたからではない。この少年は同じ境遇にある。自分よりも事情を知っているかもしれない。さらに数秒間、痙攣《けいれん》が続いた後、少年の体から力が抜けた。セイチャンは少年の目が再び開くのを確認してから、手を離して立ち上がり、後ずさりした。拳銃を下ろす。少年に脅威はないと判断したからだ。

少年は慎重に体を起こし、浴槽内に座った。激しく息をつきながら、ショックを振り払おうとしている。最初に思ったよりも背が高い。一メートル八十センチはあるだろうか。体は針金のように細い。ただし、がりがりに痩せているわけではなく、少しは鍛えているようだ。髪を肩まで垂らし、先端を不揃いに切っている。若者らしくお洒落を気にしているのだろう。両腕の刺青は肩に、さらには背中にまで、まるで二枚の黒い翼のように広がっている。胸のキャンバスにはまだ何も描き込まれていない。

「コマン・チュ・タペル？」セイチャンは便器に腰を下ろして名前を訊ねた。

少年の息遣いは荒いままだ。「ジュ・マペル・レニー……レニー・マクラウド」

少年の答えはフランス語だったが、スコットランド訛《なま》りがある。

「英語は話せる？」セイチャンは訊ねた。

少年はほっとした様子でうなずいた。「うん。いったいどうなっているの？　ここはどこ？」

「トラブルに巻き込まれたのよ」

困惑と怯えの表情が浮かぶ。

「最後に覚えているのは？」セイチャンは訊ねた。

少年の声からはまだショックが抜け切れていない。「パブにいたんだ。モンパルナスの。誰かがビールを一パイント、おごってくれた。一杯だけ。薬とかは打たれていないけど、覚えているのはそれが最後。目が覚めたらここにいたんだ」

この少年も薬を飲まされたに違いない。自分と同じように、ここへと連れてこられて、首輪をはめられたのだ。しかし、いったいなぜ？　どういう状況なのか？

電話の呼び出し音が室内に鳴り響いた。

セイチャンは振り返った。疑問に対する答えが間もなく明らかにされるに違いない。立ち上がり、バスルームを出る。後ろから大理石のタイルを叩く足音が聞こえる。レニーがついてきているのだろう。セイチャンはナイトテーブルの上の電話を取った。

「二人とも目が覚めたようだな」相手の声は英語だ。「よかった。時間はあまり残されていないのでね」

セイチャンはその声に聞き覚えがあった。ドクター・クロード・ボープレ。パリ第一大学の歴史学者だ。澄ました顔をした白髪のフランス人男性の顔が脳裏によみがえる。ヘミングウェイ・バーで出会った相手だ。着古したツイードのジャケット姿だったが、男の真の姿はその身なりにではなく、貴族然とした雰囲気や物腰から漂うどこか横柄な態度に現れていた。かつて彼の先祖は、侯爵、子爵、男爵といった高貴な称号を名乗っていたのだろう。しかし、今は違う。彼が歴史学者になったのは、それが理由なのかもしれない。一族の過去の輝かしい歴史にしがみつこうとしているのだ。

今朝、セイチャンが彼と会った目的は、ギルドの真の指導者に関連する文書を買い取るためだった。だが、どうやら事情が変わったらしい。

〈あの男はこっちの正体に気づいたのだろうか？　そうだとしたら、どうして私はまだ殺され

ていないのか？〉

「君にしかない才能を見込んで頼みがある」セイチャンの心の声が聞こえたかのように、クロードは切り出した。「君をパリへとおびき出すのに、答えをちらつかせて誘い出すのに、かなり苦労したよ。危うく間に合わないところだった」

「つまり、すべて罠《わな》だったというわけね」

「いいや《ノン》。そうではないよ、お嬢さん。君が探し求める文書は持っている。君が手に入れようとしている文書を持ち出すために、我が組織を揺るがしている混乱を利用させてもらった。その意味では、君と私は同じだな――もっとも、君の場合はかつての雇い主、私の場合は今の雇い主という関係だが。ともかく、私は約束を守る男だ。君は文書を買い取りにきた。私はその価格を交渉しているだけだ」

「あんたの言う価格とは？」

「私の息子を探してほしい。殺される前に助け出してもらいたいのだ」

セイチャンは交渉内容をすぐに理解することができなかった。「あんたの息子？」

「ガブリエル・ボープレだ。息子は我が組織に所属するある人物に心酔してしまっている。私が最も忌み嫌う相手でね。その男は終末思想のカルト教団、ロードドル・デュ・タンプル・ソレールの教祖だ」

「太陽寺院」セイチャンはフランス語を訳した。

その名前を耳にして、レニー・マクラウドの表情がこわばる。

「そうだ」クロードの声が答える。「十年以上前のことだが、スイスの二つの村とカナダのケベック州の村での集団自殺に、この教団が関与していた。信者は自らの手で服毒したか、あるいは薬物で朦朧《もうろう》とした状態の時に毒を飲まされたということだ。そのうちの一カ所は、最後の清めの儀式のために火をかけて燃やされている。その事件の後、太陽寺院は解散したと考えられていた——だが、実は彼らは地下深く潜行し、別の組織に仕えることになったのだ」

〈ギルドだ〉

ギルドがよく使う手口の一つとして、そうした狂気を抑えつつ、自分たちの目的に合わせた過激な行動へと駆り立てることがあげられる。

「しかし、太陽寺院の新しい教祖リュック・ヴェナールは、より大きな野望を抱いている。我々と同じように、彼もギルドの手綱《たづな》が緩んだ隙をついて、組織からの独立を目論《もくろ》んでいる。私が愛するこの街を混乱に陥れようとしているのだよ。それだけをとっても彼を阻止しなければならない十分な理由になるのだが、あいつはテンプル騎士団が今も存続しているという作り話で息子を巧みに勧誘し、教団の聖なる使命は新たな神王が統治する時代を呼び込むことだと信じ込ませた。その神王というのは、どうせヴェナール自身のことに決まっている。そのための血の粛清《しゅくせい》には、炎と生贄《いけにえ》が必要なのだという。もちろん、人間の生贄のことだ。行方不明になる前の息子の言葉を借りれば、『大いなる粛清』が新たな太陽王の誕生の前触れとなるのだそうだ」

「それが起こるのはいつだというの？」セイチャンは訊ねた。

「今日の正午、太陽が最も高い位置に昇る時だ」

セイチャンはマントルピースの上の時計を見た。あと二時間もない。

「だから私は少々過激なやり方を用いることにした。確実に君の協力を取りつけるためだ。その首輪は罰を与えるだけではなく、君の命を奪うこともできる。パリ市内から一歩でも外に出れば、君は苦しみのたうちながら死ぬことになる。私の息子を助け出すことに失敗しても、同じ運命が待っている」

「同意した場合は……成功したら……」

「晴れて自由の身だ。それは約束する。あと、力を貸してくれたお礼として、私の所有する文書は君のものとなる」

セイチャンは選択肢を検討した。ほとんど時間はかからない。一つしかないからだ。

〈協力するしかない〉

クロード・ボープレが自分に首輪を付け、猟犬として放つ理由もセイチャンは理解していた。息子から得た情報をギルドに伝えることはできないからだ。情報を知らされても、ギルドはヴェナールに計画を実行させ、その結果を自分たちに都合のいいように利用するに決まっている。セイチャンのかつての雇い主にとって、混乱は好機でしかないのだ。あるいは、不服従と反抗を理由に、ヴェナールと彼の教団を殲滅《せんめつ》するかもしれない。いずれの場合も、ガブリエル・ボープレの命はない。

だからクロードは通常のルートとは別のところに活路を求めたのだ。

「この少年は何なの？」セイチャンはレニー・マクラウドを見ながら訊ねた。このピースがパズルのどこに当てはまるのかがわからない。

「彼は君の地図兼ガイド役だ」

「意味がわからないわ」

セイチャンの鋭い視線に気づき、レニーの顔から見る見るうちに血の気が引いていく。

「彼の背中を探したまえ」クロードは指示した。「ジョリエンヌについて聞いてみるといい」

「ジョリエンヌって誰？」

みぞおちに強烈なパンチを食らったかのように、少年がひるんだ。今度は顔面が紅潮する。

レニーは飛びかかって電話の受話器をつかもうとした。

「こいつはジョリーの何を知っているんだ？」レニーは大声をあげた。

セイチャンは身軽な動きでレニーをかわし、片手で受話器を耳に当てたまま、もう片方の腕でレニーを突き飛ばした。ベッドの上にうつ伏せに倒れたレニーの背骨の付け根を片膝で押さえつけ、動けないようにする。

レニーはもがきながら激しく悪態をついている。

「じっとして」セイチャンは膝を深く食い込ませた。「ジョリーって誰なの？」

レニーは首をひねって顔を上げ、片目でセイチャンをにらみつけた。「僕のガールフレンドだ。二日前に行方不明になった。太陽寺院とかいう名のグループを探しに出かけたきり。昨日の夜、例のパブに行ったのは、カタフィルの仲間で捜索隊を編成しようと考えたからだ」

「カタフィル」が何のことだかわからない。さらに追及しようとしたセイチャンの目が、レニーの裸の背中に彫られた刺青に留まる。背中の刺青をちゃんと見たのはこれが初めてだ。

背中の皮膚には、黒、黄、深紅のインクで奇妙な地図が描かれている——だが、街路や通りの地図ではない。背中に記された精緻《せいち》な地図では、交差する何本ものトンネル、広さのある空間、水たまりなどが複雑に絡み合っている。失われた地下の洞窟群の地図のようだ。しかも、どうやら未完成の作品らしい。刺青の端では、通路の先が曖昧《あいまい》に描かれていたり、不意に行き止まりになったりしている。

「これは何なの？」セイチャンは訊ねた。

レニーはセイチャンが何を目にしているのかに気づいた。「ジョリーが行方不明になった場所だよ」

電話口から聞こえたクロードの声が、より明確な答えを告げた。「カタコンブ・ドゥ・パリ、すなわち地下納骨堂の地図だ」

＊　＊　＊

十五分後、セイチャンはバイクのアクセルを全開にして、セーヌ川に架かる中世に建設された橋、ポンヌフの十二個の石のアーチ上を疾走していた。遅い車列の間を縫うようにバイクを走らせながらセーヌ川の左岸へと渡り、カルチエ・ラタンを目指す。

後ろに座るレニーは、セイチャンの体に両手を回してしっかりとつかまっている。橋を渡り終えたセイチャンが対岸の迷路のような路地へと急カーブを切ると、レニーの腕にいっそう力が込められる。セイチャンはスピードを緩めなかった。残された時間は刻一刻と少なくなっている。

「次の角を右に！」耳元でレニーが叫んだ。「そのまま四ブロック進んで。その先はバイクを降りなければならない」

セイチャンは指示に従った。ガイドの言葉だけが頼りだ。

それから間もなく、二人はムフタール通りを走っていた。歴史のある歩行者専用の狭い通りが、カルチエ・ラタンを貫いている。通りの両側の建物は、何世紀も前に建てられたものだ。一階部分はカフェ、パン屋、チーズ専門店、クレープ屋、生鮮食料品店などに改装され、商品が通りにまであふれている。商品を売り込む店員の声と、値段を交渉する買い物客の声で、どの店も活気にあふれていた。

メニューがいっぱいに書き込まれた黒板や、ウインドーの奥に積まれた大きなパンの塊を見ながら、セイチャンは喧騒《けんそう》の中を走り抜けた。息を切らして走りながら、小さなチーズ専門店から漂うくらくらするような香りや、花屋の店先に並んだ色とりどりの花の芳香を胸いっぱいに吸い込む。

その一方で、セイチャンはこのにぎやかな通りの下の存在を強く意識していた。地下納骨堂にはパリ市民六百万人の遺骨が納められており、その人数は現在のパリの人口の三倍に相当する。

レニーは大股で走りながら先導していた。痩せた体で人ごみをすいすいとかわして進んでいく。何度も振り返っては、セイチャンがちゃんと後についてきているか確認している。

レニーの服はホテルの室内のクローゼットに置かれていた。破れたジーンズ、アーミーブーツ、チェ・ゲバラの似顔絵が描かれた赤のTシャツという格好だ。セイチャンもレニーも、金属製の首輪を隠すためにスカーフを巻いている。ホテルで服を着る間に、セイチャンは自分たちの置かれている状況を説明した。カタコンブを捜索し、行方不明になった歴史学者の息子を取り戻さなければ、二人の命はないと。レニーは説明を聞きながら、いくつかの質問をしただけだった。セイチャンはレニーの瞳に浮かぶ恐怖の片隅で、希望の光が輝いているのを見て取った。今、レニーが意を決した足取りで走っているのは、自分の命を救うことではなく、恋人のジョリーを見つけ出すことを第一に考えているからではないか、セイチャンはそんな気がした。

Tシャツを着る前に、レニーは腕をよじりながら右の肩甲骨の下を指差した。そのあたりは刺青の地図を彫ったばかりらしく、皮膚が赤く腫れ上がっていた。「ここはジョリーが発見した場所なんだ。彼女はここへ向かったきり、姿を消してしまった」

二人が向かっているのもそこだ。唯一の手がかりを追い求めて、レニーのガールフレンドの足跡をたどっている。

クロード・ボープレもジョリエンヌの居場所が重要だと考えていた。彼女が行方不明になった日は、クロードが息子を最後に見た日でもあるからだ。姿を消す前、ガブリエルは父に対して、ヴェナールと教団のほかの信者たちが粛清のために集まる計画を立てているとほのめかしていた。その場所がこのあたりだという。同じ界隈《かいわい》でレニーが行方不明になったガールフレンドを探しているという情報を聞きつけたクロードは、自分の持ち駒を手配した――若いガイドと優秀なハンターだ。

奇妙な絆で結ばれた二人は、カタコンブへの秘密の入口に向かっていた。地下に広がる墓地とトンネル網に関して、レニーは知っていることをすべて話してくれた。華やかな光の都の地下に眠る暗黒の世界が、以前は「レ・カリエール・ド・パリ」と呼ばれる古い採石場だったこと。過去の採掘現場は地下十階分に相当する深さがあり、いくつもの広大な地下室から延びるトンネル網は総延長が三百五十キロ以上にも及んでいること。かつて採石場は市の外れにあったが、時の経過とともにパリが都市として拡大し、古い地下の迷宮を覆い、今では市街地の半分がトンネル網の上に位置していること。

十八世紀、パリの市当局は満杯になった市の中心部の墓地を掘り返すように命じた。埋葬されてから数千年が経過したものも含めた何百万人分もの遺骨が、採石場のトンネルへと事務的に移され、薪《たきぎ》の山同然の扱いで朽ちるがままに放置された。レニーの説明によれば、メロヴィング朝の王クローヴィスからロベスピエールやマリー・アントワネットといったフランス革命期の人物に至るまで、フランスの歴史を彩る著名人が地下納骨堂に眠っているのだという。けれども、セイチャンが探しているのは死者ではない。

ようやくレニーが表通りを離れ、カフェとケーキ屋との間の細い路地へと入った。「こっちだ。さっき僕が話した入口はこの先にある。友達――カタフィルの仲間たちが道具を残しておいてくれているはず。僕たちはいつも助け合っているから」

路地は幅が狭いため、一列になって進まなければならない。路地の先は築数百年はあろうかという建物に囲まれた中庭で行き止まりになっている。板でふさがれた窓もあるが、人々が暮らしている気配もある。小型犬の甲高い鳴き声が聞こえる。洗濯物を吊るしたロープが張られている。カーテンの隙間から外の様子をうかがう小さな顔が見える。

レニーは中庭の隅に隠れたマンホールへとセイチャンを案内した。ごみ箱の陰からバールと、鉱夫が使用するような前部にライトの付いたヘルメットを二個取り出す。

レニーはごみ箱を指差した。「懐中電灯も用意してくれているけど」

「あんたの仲間のカタフィルが？」

「うん。パリの地下を探検する仲間たちさ」レニーの口ぶりからは誇りのようなものが感じられる。スコットランド訛りが強くなる。「世界各地から、いろんな職業の人たちが集まってきているんだ。古い地下鉄や下水道を捜索する人もいれば、水たまりに潜ってその下にある水没した空間を探検する人もいる。けれども、ジョリーや僕を含めてほとんどの人は、カタコンブのまだ誰も足を踏み入れたことのない場所に魅力を感じているんだ」

レニーは口をつぐんだ。左右の肩に不安が重くのしかかっている。ガールフレンドの運命を気にしているのだろう。

「さあ、これを開けるわよ」セイチャンはガイド役を促した。

セイチャンはレニーに手を貸してマンホールをこじ開け、ふたを脇に転がした。シャフトの壁面に設置された金属製の梯子《はしご》が、地下の暗闇へと延びている。レニーはヘルメットを装着した。セイチャンは懐中電灯を選んだ。

暗がりに向けて懐中電灯の光を照らす。

「このマンホールは十九世紀半ばに造られた下水道に通じているんだけど、この一角はずいぶん昔に使用されなくなったんだ」そう言いながら、レニーは梯子を下り始めた。

「下水道なの？　地下納骨堂に行くと思っていたんだけど」

「うん、そうだよ。下水道や地下室や古井戸などには、しばしば昔のカタコンブへの秘密の入口があるのさ。下りてきなよ。見せてあげるから」

レニーに続いてセイチャンも梯子を下りた。地上の生活排水のせいで、悪臭がひどいのではと覚悟していた。だが、湿気とかびくささがあるだけだ。地下二階分は下りたかと思った頃、ようやく足の裏がしっかりとした床をとらえた。光を周囲に向ける。モルタルで接合されたブロックが、下水道の壁面と低い天井を覆っている。通路の底には浅い流れがあるため、歩くと水音がする。

「こっちだ」レニーは迷路を学習したネズミのように、下水道を迷わず歩いていく。三十メートルほど進むと、右手に格子状のゲートでふさがれた入口がある。レニーはゲートを引っ張った。蝶番《ちょうつがい》が耳障りな音を立てる。「ここを通り抜けないと」

石でできた粗末な階段を下ると、暗闇の先は部屋に通じている。セイチャンは息をのんだ。部屋の壁面には、花が咲き乱れて木々の生い茂る庭園が描かれており、細い流れや青々とした水をたたえた池もある。まるでモネの絵画の世界に飛び込んだかのようだ。

「カタコンブの本当の入口へようこそ」レニーが言った。

「誰がこの絵を描いたの？」セイチャンは懐中電灯の光で壁面を照らした。絵の上から落書きされている箇所もある。

レニーは肩をすくめた。「いろいろな人がここへと下りてくるから。芸術家もいれば、パーティーを楽しむだけの人もいるし、キノコを栽培する人だっている。数年前、カタフリックが――地下をパトロールする警官の僕たちの間での呼び名だけど、彼らが映画館を模した大きな地下室を発見したんだ。大きなスクリーンやポップコーンマシンがあって、石を彫って造った座席まであったらしい。でも、その翌日に警官たちが調査のために再び訪れると、何もかもなくなっていた。残されていたのは床の真ん中に置かれた一枚のメモだけで、そこには『我々を探そうとしてはならない』という警告が書かれていたんだって。パリの地下世界というのはそんなところさ。大部分はいまだに調査すらされていない。落盤で先に進めなかったり、時の経過とともに存在すら忘れ去られてしまったりしたためにね。僕や仲間たちのようなカタフィルは、古い地図上のそうした空白を埋めることを目標にしているんだ。自分たちの発見をたどり、どんなに細かいことでも記録に残すのさ」

「あんたの刺青がその方法の一つね」

「ジョリーのアイデアさ」レニーは悲しげな笑みを浮かべた。「彼女はタトゥーアーティストなんだ。すごく腕がよくてね。僕たちが一緒に行なった地下の探検を永遠に残しておきたいと考えたんだ」

再びレニーは口をつぐんだが、今度はすぐに話し始めた。

「ジョリーとは地下で初めて出会ったんだ。ここからそれほど遠くないところ。二人とも泥まみれだったよ。懐中電灯の光を使って電話番号を交換したんだ」

「彼女が行方不明になった日のことを話して」

「僕は授業に出ないといけなかった。彼女は午後、授業がなかったから、別の女の子と探検に出かけたんだ。ドイツから来たリーゼルという女の子。その子のフルネームは知らないなあ。謎の一団が地下をうろついているという噂を聞いて、二人は地下に向かったんだ」

「太陽寺院のことね」

「うん」レニーはTシャツの背中をたくし上げた。「首の付け根のあたりに小さな花の模様の付いた部屋があるでしょ」

セイチャンは懐中電灯の光を当てながら顔を近づけた。小さなケルト文様のバラを見つけ、指先で触れる。

レニーは体を震わせた。「そこが今、僕たちのいるところ。これから刺青の地図の中でいちばん新しい地区へと向かう。ジョリーもそこを目指していた。地下迷路の忘れられていた部分への入口を発見したのは彼女なんだ。そこを詳しく調べようとしていた矢先に、太陽寺院の噂を聞きつけたんだよ」レニーはTシャツの裾を下ろし、一本のトンネルを指差した。「道はほとんど暗記しているけど、目的地に近づいたら地図の助けが必要になるかも」

レニーは暗い迷路へと足を踏み出した。曲がりくねったトンネルを抜け、小さな部屋を横切り、水のたまった穴を迂回《うかい》する。壁は石灰岩が露出していて、水が滴り落ちている。壁の表面には化石が点在していた。昔のカタフィルの手によって目立つようにきれいに磨かれている化石もあり、先史時代の過去が岩の間から這い出そうとしているかのように見える。

先へと進むにつれて、急速に気温が下がっていく。すぐにセイチャンの吐く息が白くなった。足音が壁面にこだまするため、ずっと誰かに後をつけられているかのような気がする。セイチャンは何度も立ち止まっては、背後を警戒して振り返った。

セイチャンはレニーがいらだちを募らせていることに気づいた。「こんなところには誰もいやしないよ。カタフリックもこんな外れた場所にはめったに来ないもの。それに観光客に公開されているカタコンブの近くでガス漏れが報告されたから、この三日間は閉鎖されているし」

セイチャンはうなずきながらレニーのTシャツをまくり、刺青を調べた。描き込まれたばかりの地図からそれほど遠くない地点にいる。「この地図を正しく読み取れているとすれば、あんたのガールフレンドが新しく発見した場所は、あの通路沿いにあるはずよ」セイチャンは狭いトンネルを指差しながら、腕時計を確認した。

〈残り七十二分〉

不安を覚えつつ、今度はセイチャンが先に立った。刺青に記された分かれ道を探しながら、足早に進む。

「ストップ！」後ろからレニーが呼びかけた。

振り返ると、レニーはいくつもの石が転がった脇にひざまずいていた。石が崩れただけだろうと思って気にもとめていなかった場所だ。

レニーのヘルメットのランプが、石の上にピンク色のチョークで書かれた矢印を照らしている。「ここが入口だよ。ジョリーはいつもピンク色のチョークを使うんだ」

セイチャンはレニーのところまで戻った。石の陰に低いトンネルがある。

レニーは四つん這いになって隙間へと潜り込んだ。セイチャンも後に続く。段差を下りながら数メートル進むと、別のトンネルに通じていた。

セイチャンは立ち上がった。立坑《たてこう》や小さなトンネルがいくつもの方向に延びている。

レニーは湿った石灰岩の岩肌に手のひらを当てた。「ここはカタコンブの中でもかなり古い部分に間違いない。しかも、ここからの迷路は厄介そうだね」レニーは体をひねり、Tシャツの背中側を持ち上げようとした。「地図で調べて」

セイチャンはレニーの背中を見たが、刺青の地図はちょうど二人が立っている地点で途切れていた。分岐するトンネルの入口を調べてみたが、チョークによる手がかりが残されていないため、ジョリーがどこに向かったかはわからない。

この先は自分たちだけが頼りだ。

「どうする?」レニーが訊ねた。ガールフレンドの身を案じるあまり、声が震えている。「どこに行けばいいの?」

セイチャンは一本のトンネルを選んで先へと進んだ。

「どうしてこっちに向かうのさ?」レニーはあわてて後を追いながら訊ねた。

「どうしてこっちじゃだめなの？」

けれども、セイチャンにはこのトンネルを選んだ理由があった。下へと向かっているトンネルはこれしかなかったからだ。これまでのルートを振り返ると、トンネル探検家たちは光の届かない暗い世界を目指している。この下には何があるのだろうという好奇心に駆られている。つまり、彼らは常に地下深くへと潜っていくのだ。最深部に達してから、捜索の範囲を外側へと広げている。

セイチャンはジョリーもその例に漏れないことを願った。

しかし、数歩も先に進まないうちに、セイチャンは自分の選択を後悔し始めた。トンネルの両側に設けられた深い壁龕《へきがん》に、古い人骨がびっしりと詰め込まれていたからだ。骨は古代の羊皮紙のように、黒ずんだ黄色に変色してしまっている。人骨は体の部分ごとに分割して置かれていた。商品を丁寧に仕分けして棚に陳列したかのようだ。ある壁龕には腕の骨だけが納められていて、一本ずつきれいに積み上げられている。別の壁龕には肋骨がいっぱいに詰まっていた。しかし、セイチャンが身の毛もよだつような思いをしたのは、通路の両側に一つずつ設けられた最後の二つの壁龕だった。両側の壁面には頭蓋骨が通路側を向いて並べられていた。うつろな眼窩《がんか》はここを通り抜けようとする者に対して警告を与えているかのようだ。

背筋に寒気を覚えながら、セイチャンは足早に頭蓋骨の列の間を通り抜けた。

ようやくトンネルを抜けると、その先は広大な空間へと通じていた。天井の高さはトンネル部分とそれほど変わりはないが、アメリカンフットボールのフィールドがすっぽりと入るくらいの広さがある。何本もの石柱が天井を支えていて、まるで石でできた果樹園のようだ。それぞれの支柱は石の塊を一つ一つ積み上げて造られている。だが、傾いていて今にも倒壊しそうな柱もある。

「これはシャルル＝アクセル・ギヨモの手によるものだよ」レニーは不安げな調子の早口で説明した。「一七七四年にカタコンブの大きな崩落事故が起きて地上の街並みがのみ込まれ、大勢の人の命が失われた。その後、フランス国王が建築家のギヨモにカタコンブの修復を依頼したんだ。ギヨモがカタフィルの第一号だと言ってもいいかもしれない。彼はほとんどのトンネルを探検して地図を作成し、ここのような空間に柱を設置したんだよ。けれども、それで崩落事故が起こらなくなったわけじゃない。一九六一年にも地上に穴が開いてパリ市内の一画が陥没し、多くの死者を出した。今でも小規模な落盤事故は毎年のように発生している。地下はとても危険な場所なんだ」

だが、セイチャンはレニーの説明を半ばうわの空で聞いていた。一本の石柱の発した光が気になったからだ。このようなじめじめして陰鬱《いんうつ》な場所に、今のような明るい光は不自然だ。セイチャンはその石柱へと近づいた。床と天井の中間くらいの位置にワイヤーが巻かれている。トランシーバーと雷管から伸びるワイヤーは、黄色がかった灰色をした拳大の粘土につながれていた。

C4爆薬だ。

これは十八世紀のフランス人建築家の手によるものではない。

セイチャンは手を触れないように注意しながら爆弾を調べた。トランシーバーの小さな赤いLEDライトが、送られてくる信号を待っている。セイチャンは懐中電灯の光を手で覆い、レニーにもヘルメットのランプの光を漏らさないように合図した。

空間内が暗闇に包まれる。暗さに目が慣れてくると、セイチャンは室内のあちこちで同じような赤い光が輝いていることに気づいた。何百もの小さな光が、石柱上で点滅している。この空間全体に爆弾が仕掛けられているのだ。

「これはいったい何なの?」セイチャンの隣でレニーが小声でささやいた。

「ヴェナールの粛清よ」セイチャンは人々でにぎわう地上の様子を思い浮かべた。

地下納骨堂内のほかの空間にも、ここと同じように爆弾が仕掛けられているに違いない。セイチャンはガス漏れがあったというレニーの話を思い出した。教団は偽の情報を流してカタコンブを閉鎖させ、その隙に地下納骨堂の全域に爆弾を仕掛けたのだろう。

レニーも同じことを恐れたに違いない。その結果としてどんな事態になるか、思い当たって声が引きつる。「パリ市街の半分が崩落してしまう」

クロード・ボープレはヴェナールが人間の生贄を求めていると話していた。炎と血が新たな太陽王の誕生の前触れになるとも。そのための計画が間もなく実行に移されようとしている。

懐中電灯の光を手で遮ったまま眺めているうちに、セイチャンは部屋の奥からかすかな光が漏れていることに気づいた。反対側に別のトンネルへの入口がある。

セイチャンはその光を目指して空間内を横切った。拳銃を取り出し、前方に向ける。もう片方の手で光を遮りながら懐中電灯を持ち、そこから漏れるかすかな明かりで障害物を避ける。すぐ後ろを歩くレニーは、ヘルメットのランプのスイッチを切った。

奥のトンネルは手前のトンネルと似た造りだ。両側の壁に壁龕があり、体の部分ごとに分類された骨がいっぱいに詰め込まれている。ただし、このトンネル内の人骨はどれも白い。年代の経過に伴う変色が見られない。セイチャンの心の中で恐怖が募る。目の前にあるのは昔の人たちの遺骨ではない――殺されてからまだ間もない人たちの骨だ。

ある壁龕は深さが一メートルほどあり、その半分が頭蓋骨で埋まっていた。

残りの半分はこれから増える頭蓋骨のためだろう。

サイズが小さい頭蓋骨もある。子供、あるいは幼児の頭蓋骨に違いない。

電話で指示を与えた際、クロードは太陽寺院のかつての教祖がカナダのケベック州で犯した非道な行ないについても説明してくれた。反キリスト的だという理由で、教祖は自らの息子を木製の杭《くい》で突き刺し、生贄として捧げたという。教団が幼い子供まで手にかけたのは、どうやらその一例だけではなかったらしい。

カーブの先でトンネルは終わっていた。その奥から声が聞こえてくる。声の調子からすると、ここにも広い部屋があるらしい。セイチャンはレニーに向かって下がっているように手で合図した。壁を背にして慎重に前へと進み、カーブの先をのぞく。

前方には別の部屋がある。さっきの部屋よりは小さいが、同じような石柱で支えられている。ただし、この部屋の柱は天然の石灰岩の柱だ。採掘者によってこの空間が掘られた時の名残で、そのためにさらに古い時代のものだという印象を受ける。しかし、手前にあった部屋と同じように、ここの石柱にもそれぞれ爆弾が仕掛けられている。

部屋の中央には二十人ほどの人々が集まり、円形になってひざまずいていた。しかし、儀式用の服を着ているわけではない。全員が私服姿だ。腕を組んだ一組のカップルだけが、この大仰な儀式に合わせて正装をしていた。薬物を飲まされているのか、ひざまずいた姿勢のままゆらゆらと体を動かしたり、床に額をこすりつけたりしている人もいる。セイチャンが隠れているトンネル側には、三人の死体が倒れていた——うつ伏せの状態で、石灰岩の上に広がった血は油のように黒ずんでいる。生贄の儀式に命を捧げることを思い直し、迫り来る爆発から逃れようとしたところを背後から撃たれたのだろう。

ケブラーの防弾チョッキを身に着けてアサルトライフルで武装した二人の護衛が、集まった人々の両脇にある柱の陰から監視している。逃げようとする信者がこれ以上出ないようにするためだろう。

セイチャンはひとまず二人の護衛を無視して、円形に集まった人々の中央に立つ二人の人物に神経を集中させた。一人は白髪でフランス人特有の顔つきをしており、そばに置かれたナトリウム灯の光を浴びて白いローブが輝いている。セイチャンの耳にも、室内のどこかにある発電機の機械音が聞こえてくる。男は信者に向かって喜びに満ちた笑みを浮かべながら、両腕を高く掲げた。

〈あいつがリュック・ヴェナールに違いない〉

「時は訪れた」男はフランス語で語り始めた。「太陽が天頂に達する時、ここに仕掛けられた破壊が始まる。死にゆく者の叫び声と、解放された死者たちの魂とともに、汝《なんじ》らすべては存在の次なる歓喜の舞台へと運ばれることになる。私が太陽の王座に就くとともに、汝らは我が闇の天使となる。約束しよう。これは終焉《しゅうえん》ではない。我々にとっての新たな幕開けなのだ。私はこの場を離れなければならないが、選ばれし我が魂のしもべが、私に代わって汝らを暗闇から新たな時代の夜明けへと導くであろう」

男は脇へと移動した。信者たちを見捨てるつもりでいるのは明らかだ。ヴェナールが二人の武装した護衛に向ける視線から察するに、彼は派手な爆発が始まるまでここにとどまる気などさらさらなく、一足先にカタコンブを後にする時のために護衛を用意したと見える――自分が立ち去ろうとした時に信者たちから反対された場合に備えての措置だ。ここに集まった信者たちの銀行口座からはすでに全額が引き出され、ヴェナールの口座へと移されているに違いない。ヴェナールの次の計画のための資金用だ。太陽寺院の教えをより広めるため――あるいは目をつけてある新しい船を買うためかもしれない。

こいつはカルト教団の教祖なのか、ペテン師なのか、それとも誇大妄想に取りつかれた殺人鬼なのか？

近くの壁龕に並べられた死者の頭蓋骨の視線を感じながら、セイチャンにはその答えがわかった。あの男には全部が当てはまる。

ヴェナールは別の男を手招きした。三十代半ば、私服姿で、顔には汗が光っている。目がうつろなのは、薬物とヴェナールへの崇拝の両方のせいだろう。クロードがホテルの部屋に残した写真がなくても、セイチャンはこの男が歴史学者の息子だと気づいていたに違いない。上品な顔立ちと貴族然とした身のこなしが、父親とそっくりだ。セイチャンは過去の高貴な称号や一族の失われた伝統の話を息子に語って聞かせるクロードの姿を思い浮かべた。自分が手にしていたかもしれない輝かしい過去を、幼い頃から子供に繰り返し教え込んでいたはずだ。父親はその慰めを歴史の研究に見出した。だが、息子は未来に目を向け、自分なりのやり方で過去の栄光にしがみつこうとしたのだろう。

行き着いた先がここだ。

「ガブリエル——同じ名を持つ天使のように、汝は血と生贄によって我が戦《いくさ》の天使へと変性し、新たな天上世界で最も高貴な存在となる。汝の武器は炎の剣だ」ヴェナールがローブの前を開くと、鋼鉄製の短剣が見える。博物館に展示されているような古い武器だ。「汝と同じように、この剣も太陽の溶鉱炉のエネルギーで間もなく燃え尽きる。しかし、その前にこの剣を鍛え、変性の準備をしなければならない。汝と同じように、剣も血を浴びなければならない。汝が自ら手を下すこの最後の死が、この最後の生贄が、ほかの者たちを導くこととなる。私はその栄誉を汝に、我が戦の天使ガブリエルに与えん」

ヴェナールは剣を手に取り、若者の前に差し出した。

ガブリエルは剣を受け取り、高々と掲げた。二人の男が左右に分かれると、それまで見えていなかった低い祭壇があらわになる。祭壇にもスポットライトが当てられている。

両脚を広げ、腕を大きく伸ばした裸の黒髪の女性が、鎖で祭壇につながれていた。二人目の生贄――金髪で色白の女性が、薄手の白いシャツ一枚で震えながらその近くにひざまずいている。

祭壇につながれた女性の頭が揺れている。薬のせいで意識が朦朧としているようだ。しかし、これから何が起ころうとしているかを察したらしく、剣を手にしたガブリエルが顔を向けると、女性は鎖でつながれた手を引っ張ってもがいた。ガブリエルの体が動き、女性の顔がはっきりと確認できるようになる。しかし、裸体に彫られた刺青を見て、すでに女性の正体に気づいていた者がいる。

背後で叫び声があがった。

「ジョリエンヌ！」

レニーの大声がクロスボウの矢のようにトンネルから飛び出して響き渡った。

全員の視線がトンネルへと集まる。

セイチャンが行動を起こすよりも早く、大きな人影がトンネルの入口に姿を現した――三人目の護衛だ。トンネルの脇に立って、逃げ出す者がいないように目を光らせていたのだ。セイチャンは心の中でレニーを罵《ののし》った。もはや作戦を立てている余裕はない。出たとこ勝負だ。

護衛がライフルを構えると同時に、セイチャンは相手の膝を撃ち抜いた。密閉された空間内に銃声が大きくとどろく。至近距離から三五七弾を浴びた膝頭が、血しぶきと骨の破片となって飛び散った。

悲鳴をあげながら前のめりに倒れる護衛に向かって、セイチャンは飛びかかった。護衛の体を受け止め、久し振りに再会した恋人を迎えるかのように片方の腕を巻き付けると、そのまま部屋の中へと引きずっていく。護衛の体の後ろからシグ・ザウエルを突き出し、石柱の陰から出てきた右側の護衛に狙いを定める。銃弾は護衛の顔面に命中した。

室内に悲鳴が響き渡る。驚いたウズラの群れのように、信者たちが散り散りになって逃げ惑う。もう一人の護衛がセイチャンに向かってライフルを乱射したが、セイチャンは新しい「恋人」を盾代わりにして突き進んだ。銃弾が護衛の防弾チョッキに次々と食い込む。一発の銃弾が護衛の後頭部に命中した。抵抗していた護衛の体から力が抜ける。

セイチャンはかまわずさらに二歩進み、柱の裏側が見える位置にまで達した。隠れていたもう一人の護衛の姿をとらえると、セイチャンは引き金を二度引いた。一発目が護衛の耳を撃ち抜き、頭が大きく後ろに傾く。二発目の銃弾がむき出しになった喉元を貫通し、脊柱《せきちゅう》を切断する。護衛は床に倒れた。

セイチャンは抱えていた護衛から手を離し、祭壇に向かって銃を構えた。ヴェナールは祭壇の裏側に逃げ込んでいる。だが、薬で半ば朦朧としているガブリエルは、とっさに反応できずに困惑した表情を浮かべていた。剣は鎖でつながれた女性の喉元に突きつけたままだ。剣のとがった先端が食い込んだ皮膚から、一滴の血が流れ落ちる。

もう一人の生贄は、護衛がいなくなったことに気づいたらしく、勢いよく立ち上がった。自分の方へと逃げてくる金髪の女性に向かって、セイチャンは出口を指し示した――だが、その時になって初めて、女性の手にも短剣が握られていることに気づく。

女性は怒声をあげながらセイチャン目がけて突進してきた。

今からではよけられない。セイチャンは体をひねり、肩でナイフを受け止めようとした。致命傷だけは避けなければならない。

だが、その必要はなかった。

短剣が突き刺さるより早く、何かがセイチャンの肩のすぐ近くを通過し、女性の顔面に命中した。白い頭蓋骨が石の床に落下して転がっていく。セイチャンは目の端で、片手に別の頭蓋骨を握ったレニーが走りながら近づいてくる姿をとらえた。壁龕の中から手近にある唯一の武器をつかんだのだろう。

不意の攻撃を受けて女性の足がもつれた。セイチャンはその隙に銃を構え直し、至近距離から女性の胸を撃ち抜いた。衝撃で女性の体が床から浮き上がる。白いシャツの前面を鮮血で赤く染めながら、女性は床の上を滑っていった。

レニーが急いで駆け寄ってきた。頭蓋骨を捨て、床に放置されていた護衛のアサルトライフルを奪い取る。だが、ライフルを持つおぼつかない手つきからすると、頭蓋骨を武器にしてくれた方が役に立ちそうだ。女性の死体の顔を見るうちに、レニーの顔に困惑の表情が広がる。その理由はすぐに明らかになった。

祭壇の手前からガブリエルが叫び声をあげた。苦痛の叫びが朦朧とした意識を切り裂いていく。

「リーゼル！」

セイチャンはその名前に聞き覚えがあった。ジョリエンヌが行方不明になった経緯をレニーが説明した時に出てきたドイツ人の友人の名前だ。二人の少女が一緒に地下を探検していた時に、ジョリエンヌは姿を消したという話だった。だが、今の状況を考え合わせると、彼女はたまたま行方不明になったわけではなさそうだ。レニーのガールフレンドは、ここにある教団の秘密を偶然に発見したのではない。食肉処理場へと連れていかれる牛のように、最後の生贄として捧げられるためにリーゼルの手で導かれていたのだ。

「そんな馬鹿な！」ガブリエルの悲嘆に暮れた声が響く。視線を血まみれの死体に向けたまま、ガブリエルは膝から崩れ落ちた。剣が祭壇へと落下する。

ほかの信者たちは教祖を見捨ててトンネル内に逃げ込み始めた。

しかし、ヴェナールはまだあきらめていない。

教祖はローブのポケットからトランスミッターらしき装置を取り出した。その先端では緑色の光が輝いている。ヴェナールはボタンを指で押さえていた。

「このスイッチから指を離せば、我々は全員が死ぬ」穏やかな口調だ。その声の響きには催眠効果のようなものがある。信じやすい人間ならばころっとだまされてしまうだろう。ヴェナールは祭壇を離れて近づいてくる。「私を解放しろ。私とともに外に出たいというのなら、勝手にするがいい。そうすれば、我々は全員が生きられる」

セイチャンは後ずさりし、レニーにも道を開けるよう合図した。ヴェナールは誇大妄想に取りつかれているが、自殺願望があるわけではない。セイチャンは相手の言葉を信じた。この男はカタコンブを爆破したりはしないだろう。少なくとも、自分が安全な場所へと逃げるまでは。

ヴェナールは射るような眼差しでセイチャンの心の内を読み取ろうとしている。カルト教団の教祖には他人の行動を予測する優れた観察眼が必要だ。ヴェナールはゆっくりと一歩ずつ、出口へと進みながら、セイチャンとの距離を詰める。

「我々と同じように、おまえもまだ死にたくないのだろう、セイチャン。ああ、すぐには気づかなかったが、おまえが誰だかはわかったよ。聞くところによれば、おまえは話のわかる相手だというじゃないか。誰もこんなところで死ぬ必要など――」

背後から突き刺された剣が、ヴェナールの胸の中央を貫通した。

「我々は全員が死ななければならない！」ガブリエルが叫ぶと同時に、ヴェナールが膝から崩れ落ちる。「正当な生贄なしでは、リーゼルが天に昇ることはできない。血と炎だ。あんたはそう言ったじゃないか。あんたが約束してくれた天使になるために」

ガブリエルは剣をさらに深く突き刺した。顔には狂気と悲しみと喜びが入り混じっている。

ヴェナールの口から血があふれる。

セイチャンは拳銃から手を離してヴェナール目がけて飛び込み、トランスミッターを両手でつかんだ。ヴェナールの手が離れる寸前に、ボタンを指で押さえつける。目の前にはヴェナールの顔がある。セイチャンを見つめるその瞳には、驚愕《きょうがく》と衝撃の色が浮かんでいる――同時に、すべてを悟ったかのような表情も。

自分が蒔《ま》いた種を、身をもって刈り取ったというわけだ。

ガブリエルは柄《つか》を引っ張りながらヴェナールの死体を蹴り、剣を引き抜いた。教祖の死体の下敷きになり、セイチャンは背中から床に倒れた。ガブリエルは両手で握った剣を高く掲げ、セイチャンを突き刺そうとする。

だが、レニーが背後に回り込み、ライフルの銃尻でガブリエルの後頭部を強打した。ガブリエルは目をむき、床に崩れ落ちた。

「こいつ、完全にいかれてるよ」レニーはつぶやいた。

助けようと駆け寄るレニーを遮って、セイチャンは祭壇を指差した。「ジョリエンヌが先でしょ」

レニーはセイチャンの手に握られたトランスミッターを見つめている。「終わったの？」

そう訊ねるレニーの首に巻かれたスカーフの下で、金属が輝いた。

「まだよ」

＊　＊　＊

真昼の太陽が頭上から照りつける中、セイチャンはリッツ・パリの前に駐車したプジョー508セダンの横で待っていた。ホテル前で落ち合うためにカルチエ・ラタンからの移動手段として、ドクター・クロード・ボープレが手配してくれたレンタカーだ。

慎重には慎重を期して、セイチャンは自分とホテルとの間に車体が来るような位置に立っていた。それに加えて、レニーにもヴァンドーム広場で待機してもらっている。ジョリエンヌは首の傷を治療してもらい、市内の病院にいる。レニーは彼女に付き添いたがっていたが、セイチャンにはまだ彼が必要だった。

リッツ・パリの正面の扉がようやく開き、三人の男が姿を現した。真ん中を歩いているのがクロードだ。相変わらずツイードの上着姿だが、しゃれた帽子を目深《まぶか》にかぶって顔を隠している。セイチャンと同じように、人目のある場所で会うことに対して警戒しているようだ。ギルドを裏切った暗殺者と一緒にいるところを見られて得なことなど何一つない。クロードの両脇を黒のスーツに丈の長いコートを着た二人の大柄な男が固めていた。スーツとコートの下にはいくつもの武器が隠されているに違いない。

セイチャンに気づき、クロードはほんのわずかにうなずいた。

セイチャンはクロードの動きに合わせてセダンの後部へと移動した。両手を大きく開き、武器は持っていないことを相手に見せる。クロードは二人のボディーガードに歩道で待っているように合図してから、セダンの後部へと近づいてきた。手にはルイ・ヴィトンの黒い革製のアタッシュケースが握られている。

歴史学者は晴れ渡った空を見上げてまぶしそうに目を細め、空いている方の手で日差しを遮った。「正午になったが、パリは平穏無事なままだ。つまり、リュック・ヴェナールの計画は失敗し、『大いなる粛清』とやらは実現しなかったわけだ」

セイチャンは肩をすくめた。今頃は地下世界を担当する警察の精鋭集団「カタフリック」が、爆発物処理班とともにカタコンブの一斉捜索を行なっているはずだ。

「ところで、ムッシュ・ヴェナールはどうなったのかね？」クロードは訊ねた。

「死んだわ」

クロードの顔に満足げな笑みがかすかに浮かんだ。その視線が濃いフィルムを貼ったセダンのウインドーに向けられる。「電話での短い報告によると、私の息子も救出してくれたとか」

セイチャンはセダンの後部へと近づき、テールランプの下にある銀の５０８のエンブレムの０を押した。その下に隠されたボタンでトランクが開く。広いトランクの中には、ガブリエル・ボープレが横たわっていた。手足をガムテープで縛られ、口にはセイチャンのカシミアのスカーフを使って猿ぐつわをされている。突然のまぶしい光にガブリエルは顔をしかめたが、父親の存在に気づくと激しくもがいた。

セイチャンは勢いよくトランクを閉めて父と子の再会を打ち切った。通行人に見られたくないからだ。クロードの側も同じ考えのようで、セイチャンの行動に異議を唱えない。こんなに人目のある場所で、縛られた息子をトランクから助け出すような真似はしたくないのだろう。

「見てわかったと思うけど、ガブリエルは元気よ」そう言いながら、セイチャンはセダンの電子キーを差し出した。「これがあんたの息子を自由にするための鍵」

クロードがキーを取ろうとした――だが、セイチャンは手を引っ込めた。

〈まだ渡すわけにいかない〉

セイチャンはジャケットの襟を引っ張り、その下に隠れていた金属製の首輪を見せた。

「こっちは？」セイチャンはレニーの方を顎でしゃくった。彼はまだスカーフを巻いたままだ。

「鍵の交換が条件よ。あんたの息子の自由と、私たちの自由」

「ウイ。そういう取り決めだったな。私は約束を守る男だ」クロードはポケットに手を入れ、ホテルのカードキーを取り出した。トランクの上にカードキーを置く。「この部屋に行けば、君たちを自由の身にするために必要なものが待っている」

クロードはセイチャンが疑っていることを察したらしく、悲しそうな笑顔を浮かべた。

「心配するな。君に死なれてしまっては私も困るのだ。ヴェナールの死の責任を裏切り者の君に押しつける予定なのだからな。ギルドが君を追ってくれれば、私に疑いが及ぶ気遣いもない。君がさっさと逃げてくれた方が、私にとっても好都合というわけだ。私たちは友人同士じゃないか。しかし、さらなる信頼の証《あかし》として、約束していた報酬もここに用意している」

クロードはアタッシュケースをトランクの上に置き、高級なレザーの表面を手のひらでなぞった。「ヴィトンの最高級品、プレジデント・クラソールだ。好きに使ってくれたまえ」その笑顔からは、このやり取りを楽しんでいる様子とともに、フランスへの誇りがうかがえる。

「しかし、私の息子の救出に対する真の報奨は、その中身なのだろうな。ギルドを陰で操る指導者への手がかりだ」

クロードはアタッシュケースのふたを開き、中身の書類の束を見せた。いちばん上のフォルダーの表紙には、翼を大きく広げたワシの絵が描かれている。ワシの片方の鉤爪《かぎづめ》に握られているのはオリーブの枝、もう一方の鉤爪に握られているのは矢の束。アメリカ合衆国の国璽《こくじ》だ。

〈これとギルドとの間にどんな関係があるのだろうか？〉

クロードはアタッシュケースのふたを閉じ、セイチャンの方へと滑らせた。

「君がこの情報に基づいて行動を起こせば――この情報が導く場所へと向かえば、極めて危険な領域に足を踏み入れることになる」クロードは警告を与えた。「これを受け取らずに立ち去るのが賢明だと思うがね」

〈冗談じゃないわ〉

セイチャンはアタッシュケースとホテルのカードキーを受け取った。戦利品と交換にセダンの電子キーをトランクの上に置き、クロードのボディーガードから距離を置きながら歩道へと移動する。

歴史学者はすぐには電子キーを手に取ろうとしなかった。その代わりに、トランクのふたにそっと手のひらを当てる。安心した様子で目を閉じると同時に、クロードの肩から緊張感が抜けていく。今のクロードはギルドの工作員ではない。放蕩《ほうとう》息子が無事に帰ってきたことに安堵する、一人の父親にすぎない。クロードは大きく息を吸い込んでから、ボディーガードの一人に向かって電子キーを回収して車を運転するように合図した。二人のボディーガードが運転席と助手席に座り、クロードは後部座席に乗り込む。少しでも息子の近くにいたいのだろう。

セイチャンは車が走り出すのを確認してから、歩道を離れて通りに出た。

車が広場から姿を消すと、レニーがセイチャンのもとへとやってきた。「欲しいものは手に入ったの？」

セイチャンは安堵感に包まれているに違いないクロードの姿を思い浮かべながらうなずいた。あれだけ息子の安否を気にしていたのだ。先にアタッシュケースの中身を調べられる可能性もあった中で、偽の文書を用意するような度胸があったとは思えない。文書は本物に間違いない。

「あいつ、信用できると思う？」レニーはカシミアのスカーフに手を伸ばしながら訊ねた。

「もうすぐわかるわ」

並んで広場の先を見つめながら、レニーはスカーフを外した。スカーフの下に隠されていた秘密が、クロードには明かしていなかった秘密が、明らかになる。

レニーの首には何も巻かれていない。

レニーは電気ショックによる赤い火傷《やけど》跡をさすった。「あのうっとうしい首輪が取れてせいせいしたよ」

セイチャンも同感だった。喉元に手を伸ばして自分の首輪を外し、緑色のＬＥＤライトを見つめる。ヴェナールが死んだ時点で、正午のタイムリミットまで一時間弱あった。カタコンブでのその余った時間で、セイチャンはレニーの仲間のネットワークを利用することにした。カタフィルの仲間には世界各地から集まった様々な職種の人たちがいると聞かされていたからだ。

セイチャンの指示を受けて、レニーは助けを求める連絡をいっせいに発信した。それに対して、カタフィルの一人から返事があった。電気工学とマイクロデザインを専門とする男性だ。

彼はセイチャンの首輪を取り外し、電気ショックの仕掛けを解除することに成功した。作業はすべて地下で行なわれたため、首輪から異常を知らせる信号が送られたとしても、クロードは受信できなかったはずだ。

自由の身になったセイチャンは、アタッシュケースを手に入れるために一芝居打ったのだった。

手にした首輪を見つめるうちに、さっきのレニーと同じ疑問が浮かぶ。〈クロードはまだ信用できるのか？〉

その答えはすぐに明らかになった。

セイチャンの首輪が信号を受信し、緑色の光が赤に変わる。だが、電気ショックの仕掛けが解除されているので危険はない。

少なくとも、この首輪は。

彼方から大きな爆発音がとどろき、パリの街にこだまする。セイチャンはセダンが走り去った方角に目を向けた。真っ青な空に黒い煙の筋が昇っている。

やはりクロードは信用の置けない人間だったようだ。言葉とは裏腹に、セイチャンを生かしておくのは危険すぎると判断し、首輪に対して殺害指令を送信したのだろう。

それが命取りになった。

セイチャンはクロードに生き延びるチャンスを与えた。

だが、クロードはそれを無視した。

セイチャンはガブリエルの猿ぐつわに使ったスカーフを思い浮かべた。カシミアのスカーフの下に隠れていたのはレニーから取り外した首輪で、クロードの息子の口から側頭部にかけてしっかりと巻き付けられていた。口に嚙ませたボールはカタコンブの石柱に仕掛けられていたC4爆薬の塊を丸めて作ったもので、首輪と雷管を接続しておいた。首輪に電気ショックが走れば、C4が爆発する仕掛けだ。セイチャンは分量を計算し、巻き添えを出さずにセダンと車内の人間だけが犠牲になるように爆薬を生成しておいたのだった。

セイチャンはため息をついた。かすかに後悔の念を覚える。

いい車だったのに。

レニーは青空に昇る黒煙を啞然《あぜん》とした表情で見つめていた。片手で喉を押さえている。ようやく煙から目をそらすと、レニーはセイチャンの方を向いた。「これからどうするの?」

セイチャンは歩道のごみ箱に首輪を投げ捨て、アタッシュケースを持ち上げた。クロード・ボープレの最後の言葉を思い返す。〈君がこの情報に基づいて行動を起こせば――この情報が導く場所へと向かえば、極めて危険な領域に足を踏み入れることになる〉

歩き始めながら、セイチャンはレニーの質問に答えた。

〈これからどうするの?〉

「これからが大変なのよ」

タッカーの相棒

シグマフォース シリーズ

6.5

シグマフォース・シリーズ⑦『ギルドの系譜』で、元陸軍レンジャー部隊のタッカー・ウェイン大尉と軍用犬のケインは、シグマフォースと協力して事件の解決に大きく貢献した。タッカーが陸軍を除隊になり、ケインとともに世界を放浪していたことは『ギルドの系譜』でも触れられていたが、一人と一頭はただのんびりと観光を楽しんでいたわけではない。

ザンジバルでグレイたちと出会う約四カ月前、タッカーとケインはハンガリーのブダペストで、ある事件に巻き込まれていた。そこで彼らが命を落としていたら、『ギルドの系譜』におけるグレイたちの任務の成功はなかっただろう。

主な登場人物

タッカー・ウェイン……………元米国陸軍の大尉
ケイン……………………………軍用犬。タッカーの相棒
アリザ・バータ…………………イギリス人の女性

三月四日午後五時三十二分
ハンガリー　ブダペスト

彼女は何者かに追われている。

カフェのうすら寒いオープンテラスに座り、ウールのジャケットにくるまったタッカー・ウェインは、中世の趣を残す三位一体広場を一人の女性が足早に横切るのを眺めていた。女性は金髪で二十代前半。肩越しに後ろを振り返る回数が多すぎる。太陽が沈んで気温の下がった広場一帯は、すでに夕闇が迫っているというのに、女性はサングラスをかけている。深紅のスカーフは首だけではなく口元まで覆っていた。寒さに震えているわけではない。あんな薄い生地では、広場に吹きつける寒風を防ぐ役には立たない。それに彼女は歩くのが速すぎる。ほかの人々はブダペスト市内の観光拠点の一つであるブダ城地区の中心で、のんびりと散策を楽しんでいるというのに。

陸軍時代、タッカーはこうした監視を常に怠らないようにする訓練を受けた。通常の光景に紛れた不自然な動きを見逃さないことが大切だ。陸軍レンジャー部隊の大尉だった時、タッカーと相棒は二度にわたるアフガニスタンへの派遣で部隊の「トラッカー」を務めた——捜索・救出作戦や奪還作戦の際に、ターゲットの居場所を追跡する任務だ。アフガニスタンの辺境や村では、ライフルや防弾チョッキや最新のリスク評価が生死を左右するとは限らない。周囲の環境のリズム、人々の日常生活の流れ、不自然な動きなどを見極める力が物を言う。

今のように。

あの女性はこの場に似つかわしくない。明るい色の服装は明らかに周囲から浮いている。膝丈のコートはアイボリーだし、スカーフだけでなく帽子や靴まで赤だ。茶色や黒、灰色といった冬の装いの中にあって、彼女はひときわ目立っている。

〈見失わないでくださいと言わんばかりの服装だな〉

女性が怯《おび》えた様子で広場を横切るのを眺めながら、タッカーは左右の手のひらの間に熱いコーヒーの入ったカップを挟んだ。両手には指先の部分をカットした手袋をはめている。カフェのほかの客たちは小ぢんまりとした店内にいる。夕方の時間帯のため、暖かい店内は混み合っていた。カウンター席に座る客もいれば、窓際の小さなテーブル席に腰掛けている客もいる。冷え切った広場の端にある屋外のテラスにいるのはタッカーだけだ。

あと、自分の相棒も。

「ベルジアン・マリノア」の名で知られる小型のシェパードが、タッカーの足もとに寝そべっていた。鼻の先端をタッカーのブーツのつま先に乗せ、指示を受けたらすぐに動けるように準備している。ケインもタッカーとともにアフガニスタンに二度派遣された。一人と一頭は寝食を共にしながら任務を遂行してきた。

タッカーにとって、ケインは自分の手足のような、いや、体の一部のような存在だ。軍を除隊になった時、タッカーはケインを無断で連れ出した。

それ以来、タッカーは世界各地を放浪している。一切の連絡を絶ち、生活のためにアルバイトのような仕事をしては、別の街へと移動する。そんな生き方が性に合っていた。アフガニスタンでのあのような経験の後では、タッカーには新しい視野が、新しい展望が必要だった。それにも増して、常に動いていたいという強い衝動にも駆られていた。

アメリカに身寄りがいないため、今の自分には決まった家など必要ない。

自分のいるところが家だ。

タッカーは手を伸ばし、濃いブラックタンの毛をさすった。ケインが鼻先を上に向ける。金色の斑点の交じった濃い茶色の瞳が、タッカーを見つめている。これは人間に飼い慣らされた犬だけに見られる特徴の一つだ——人間が犬のことを観察するのと同じように、犬も人間のことを観察する。

タッカーはケインと視線を合わせると、小さくうなずいた——広場の方角に素早く視線を動かす。自分たちの方へと近づいてくる女性は、テラスの脇を通り過ぎるはずだ。その時のために、ケインにも準備をさせておかなければならない。

タッカーは広場を出入りする人の流れを目で追った。中央にそびえる記念碑の左右を人々が通り過ぎる。バロック様式の正面には人の姿をかたどった大理石の像がいくつもあり、頭頂部に輝く金色の星を目指して登っている。像は十八世紀にペストがブダペストを襲った時、助かった市民たちを表しているとされる。

女性が次第に近づいてくる。タッカーは女性の方に視線を向けている人がいないかを探った。少なからぬ人数がいる。無理もない。思わず振り返って見てしまうような女性だ。スリムでスタイルもよく、艶《つや》のある金髪が背中の中ほどまで垂れている。

ようやくタッカーは広場の反対側にいるハンターの姿をとらえた──正確には、ハンターたち、だ。

巨漢の男が一人と、その両側にやや小柄な男が二人、計三人の男が、北側の通りから広場へと入ってきた。全員がトレンチコートを着ている。リーダーらしき大男は黒髪で、身長は一メートル八十センチを優に超えている。かなり筋肉が付いているようだが、顔にあばたが目立つことから推測するに、アナボリックステロイドの常用者だろう。

タッカーはトレンチコートの下のふくらみに目を留めた。武器を隠し持っているに違いない。

女性は三人の男に気づいていない。男たちの方に視線が向いても、不安そうに何かを探し続けている。

つまり、女性は何者かに追われているかもしれないと思っているものの、追っ手が誰なのかを見つけ出す技術も知識も持っていない。けれども、本能的にほかの人を警戒している。

女性が足早にタッカーの前を通り過ぎた。かすかにジャスミンの香りが漂う。

ケインが鼻先を傾け、女性の香りを嗅いだ。

女性は荘厳なマーチャーシュ聖堂の正面入口に向かっている。石造りの見上げるような高さの尖塔《せんとう》と、聖母マリアの死を描いた十四世紀のレリーフを備えた教会は、扉がまだ開いており、一日の最後の観光客が建物から出てくるのを待っている。女性は扉に近づき、最後にもう一度振り返ってから、教会の内部へと姿を消した。

タッカーはコーヒーを飲み干し、テーブルにチップを置いてから立ち上がった。ケインのリードを握ってテラスから出ると、ほぼ同時に三人組が目の前を通り過ぎる。ジャケットとコートにくるまって三人の後を追いながら、タッカーは三人の中のいちばん大きな男がハンガリー語で短く命令する声を耳にした。

〈地元のごろつきどもだな〉

タッカーは教会へと移動する三人の後をつけた。一人の男が振り返ったが、タッカーにはその男の目に自分がどう映っているかわかっていた。

二十代後半で身長が平均よりやや高く、サンディブロンドのぼさぼさの髪をした男性が、茶色のセーターを着せた犬を散歩させているとしか見えないはずだ。タッカーは鍛え上げた筋肉をあえて隠すため、肩を落として猫背で歩いていた。服装もこれといった特徴はない——はき古したジーンズ、傷みの目立つオリーブグリーンのコート、目深《まぶか》にかぶったウールの帽子。また、タッカーはアイコンタクトを避けるべきではないことも理解していた。じろじろ見ているのと同じように、かえって相手の不審感を募らせることになる。タッカーはさりげなく男に向かってうなずきを返した。

男が前に向き直ると同時に、タッカーは指先で鼻に触れてから、真ん中を歩く大柄な男を指差した。

〈あいつのにおいを覚えろ〉

ケインは千の単語を理解し、百種類の手の動きにも反応するため、タッカーの代わりに様々な任務をこなすことができる。シェパードは男たちとの距離を詰め、かかとの近くまで垂れたトレンチコートの裾に鼻を近づけると、真ん中の男のにおいを嗅いだ。

タッカーは相棒の動きに気づかないふりをして、広場の方を眺めた。

必要なにおいを覚えると、ケインはタッカーのもとへと戻り、次の指示を待った。ぴんと立った耳と高く掲げたしっぽは、ケインが注意を払っている印だ。

三人組は教会の前へと達した。ハンガリー語で追加の指令が与えられると、建物側面の出口を固めるため、小柄な二人が左右に展開する。

タッカーは広場のベンチへ歩み寄ると、ケインの隣にしゃがんだ。リードの片方の端を鉄製のベンチの脚に緩く結び、もう片方の端の留め具を首輪から外す。だが、リードの端は首輪の下に挟んだままなので、犬はベンチにつながれているようにしか見えない。

次にケインの茶色のセーターの下に手を入れ、外からは見えないK９ストームのタクティカルベストに触れる。防水機能を備え、ケブラーで強化されたベストだ。指先で内蔵のカメラのスイッチを入れ、鉛筆に付いている消しゴムよりも小さな光ファイバーのレンズを引き出し、ぴんと立った左右の耳の間に隠す。

「待て」タッカーは指示した。

ケインは聖堂の建物が投げかける深い影の中に座った。飼い主の帰りをじっと待っている犬にしか見えない。

相棒の耳を探ってブルートゥースのイヤホンがきちんと固定されているのを確認してから、タッカーは身を乗り出し、鼻先がくっつきそうになるまで顔を近づけた。これは自分とケインとの間の儀式だ。

「仲良しは誰だ？」

ケインは冷たい鼻先を前に突き出し、タッカーの鼻先に触れた。

〈そうだ、おまえだよ〉

別れの挨拶代わりにしっぽが動くのを見届けてから、タッカーは立ち上がった。教会の方に向き直ると、巨漢の男が教会の正面入口へと大股で歩いていくのが見える。獲物には逃げ場がないと確信したハンターの、自信に満ちた足取りだ。

タッカーは後を追いながら改造された携帯電話を取り出した——これは陸軍の備品で、タクティカルベストと同じく、除隊になった際に無断で持ち出したものだ。その意味ではケインも同じだ。しかし、カブール郊外のあの村での出来事を経験した後では……

タッカーはつらい記憶を頭から振り払った。

〈あんなことは二度とごめんだ〉

あの時、部隊のみんなが自分とケインの脱出を助けてくれた。

だが、今は昔の思い出にひたっている場合ではない。

タッカーは携帯電話のスイッチを入れ、画面上のアイコンをタップした。次第に遠ざかりつつある自分の背中の映像が画面に表示される。ケインのカメラから送られてくる映像だ。

すべて問題なし。

タッカーは携帯電話をポケットに入れ、大柄なハンターの後から教会の扉をくぐった。建物の内部では螺旋《らせん》模様の太い石柱が広大な空間を支えている。周囲の漆喰《しっくい》を塗られた壁面は、ハンガリー人の聖人の死を描いた鮮やかな金色のフレスコ画で覆われていて、身廊《しんろう》の各所に配置されたろうそくの炎が揺れるのに合わせて、まるで動いているかのように見える。さらに奥へと目を向けると、左右の壁面には礼拝室が連なっており、石棺《せきかん》や中世の彫刻品が収められている。建物の中はかすかに香《こう》とかびのにおいがする。

タッカーはすぐに女性を発見した。アイボリーのコートがここでもひときわ目立つ。女性は身廊を半分ほど進んだあたりの信者席に座り、頭を垂れている。

大柄な男は入口の近くで配置に就いていた。壁にもたれかかり、女性が出てくるのを待ち構えている。目撃者が大勢いる前で女性を拉致《らち》するのは控え、行動を起こす機を慎重にうかがっているのだろう。すでに日没が迫り、教会内に残っている人はあまり多くない。男たちはそれほど長く待つ必要もなさそうだ。

邪魔が入らなければの話だが。

タッカーは男の巨体の脇をすり抜けた。男の左耳にイヤホンがはめられているのを確認しながら、教会の建物の中心部へと向かう。タッカーは女性が座っている列まで進み、すぐ隣に腰を下ろした。女性はタッカーの方へとかすかに視線を向けると、十センチほど奥に移動した。教会の中ということを配慮してか、サングラスは外して帽子も脱いでいる。タッカーも手を伸ばして自分の帽子を脱いだ。

ろうそくの光を浴びて、女性の髪が黄金色に輝いている。タッカーを一瞥《いちべつ》した時に見えた瞳は、透き通るような青だ。手には携帯電話が握られている。誰に連絡したらいいか考えているのだろう――あるいは、電話がかかってくるのを待っているのかもしれない。

「英語は話せますか？」タッカーは小声で訊ねた。

そのかすかな声に、女性は大きく体を震わせた。しばらく沈黙が続いた後、彼女はきっぱりと答えた。「ええ。でも、邪魔をしないでもらえますか」

誘いをかける男に対して何度となく同じ答えを返してきたかのような口調だ。声には明らかにイギリス訛《なま》りがあるし、タッカーからさらに離れて三十センチほど距離を置く様子も、いかにもイギリス人らしい。

タッカーは信者席の前にひざまずき、相手が警戒心を抱かないように手のひらを前に差し出し、深く頭を垂れた姿勢で話しかけた。「三人の男があなたを尾行していると警告したかっただけだ」

女性の体に緊張が走る。今にも逃げ出しそうだ。

「お祈りを捧げた方がいいんじゃないか」そう言いながら、タッカーは姿勢を低くするよう女性に身振りで示した。

「私、ユダヤ人だから」

「君を助けようという人はここには俺しかいないぞ。助けてほしければ、の話だが」

女性はしばらく考え込んでいる様子だったが、やがて静かに両膝を突いた。

タッカーは女性の方を見ずに小声で話を続けた。「連中はこの教会の出口をすべて見張っている」女性が振り返ろうとすると、タッカーは強い口調で制止した。「やめろ」

女性は手のひらにくっつきそうになるまで深く頭を垂れた。「あなたは誰なの?」

「誰でもいい。武装した男たちが君を尾行しているのをたまたま目撃しただけだ。君がかなり怯えているようだったから——」

「あなたの助けなんか必要ないわ」

タッカーはため息をついた。「わかった。言うべきことは言わせてもらった」

タッカーは立ち上がろうとした。ここまでしてやったのだから、この先どうなろうと自分の良心が痛むことはない。プライドが邪魔をしたり、あまりに意固地すぎたりして、人の気持ちを受け入れようとしない人間を助けることはできない。

女性は低い姿勢のまま手を伸ばし、タッカーのコートの袖口をつかんだ。「待って」タッカーが再び隣にひざまずくと、女性は訊ねた。「あなたのことが信用できるという証拠はあるの？」

「さあ、どうだか」タッカーは肩をすくめた。「君が信用するか、信用しないか、そのどちらかしかない」

女性はタッカーの方を見つめている。タッカーは女性と視線を合わせた。「あなたのことを見た覚えがあるわ。犬と一緒に屋外のテラスに座っていた人ね」

「俺には気づいたのに、尾行している武装した連中には気づかなかったのかよ」

女性は顔をそらした。「犬が好きなの。可愛らしい犬ね。女の子かしら？」

タッカーは顔の前に掲げた手のひらに向かって笑みを浮かべた。澄ましただけの女というわけでもなさそうだ。「あれはオスだ。名前はケイン」

「ごめんなさい。だったら、ハンサムな犬と言うべきね」女性が少し体を寄せてきた。声は落ち着きを取り戻しつつある。「でも、あなたには何ができるの？」

「君をここから連れ出すことができる。彼らには手を触れさせずに。それからどうしたいかは君次第だ」

それがタッカーの専門だった。

救出・奪還作戦。

女性はタッカーに視線を向け、息をのんだ。「それならお願い、私を助けて」

タッカーは手を差し出した。「だったら、ここから出るぞ」

「どうやって？」女性は驚いて訊ねた。「だってまだ――？」

タッカーは女性の手を強く握り、言葉を遮った。女性の手のひらは燃えさしのように熱を持っている。「いいから、俺から離れるんじゃないぞ」

タッカーは手を引っ張って女性を立たせた。信者席から動き出すと同時に手を離し、後についてくるように合図を送る。もう片方の手には黒のＫＡ‐ＢＡＲのコンバットナイフが握られている。足首の鞘《さや》に収められていたナイフを、ひざまずいている時に取り出しておいたのだ。足の陰になっているから、大男からは見えないはずだ。もっとも、ナイフを使わずにすめば、それに越したことはないのだが。

タッカーは女性を先導しながら正面入口から離れ、建物の南側にある小さな出口へと向かった。大柄な男を一瞥する。男はすでに体の向きを変え、耳に手を触れている。南側の出口を警戒している部下に指示を送っているのだろう。次の瞬間、男の大きな体が入口から消えた。南側の出口へと回り込み、部下と合流するつもりだ。女性が教会から外に出た瞬間を捕まえようと目論《もくろ》んでいるに違いない。

大男の姿が見えなくなると、タッカーは素早く体を反転させ、女性の腰を抱えながら方向転換させた。

「いったい何を――?」

「計画変更だ」タッカーは答えた。「反対側の出口を使うことにする」

女性の腰に手を添えたまま、タッカーは急いで北側の出口へと向かった。大男からの無線を聞き、敵の注意は女性が出てくるはずの南側の出口へと向けられているはずだからだ。

扉の手前でタッカーは立ち止まった。女性を制止してから、携帯電話を確認する。小さな画面に映像が表示されていた。すでに日没の時間を過ぎていたが、暗視カメラによる映像は画素が粗いものの明るく映っている。相棒が姿を消した方向を大人しく見守るケインの目線の映像には、広場と教会の正面入口が浮かび上がっていた。

〈いい子だ〉

映像の確認を終えると、タッカーは出口へと歩み寄った。こちら側の出口の外にいた男も、リーダーの大男とともにまんまと引っかかって反対側へと向かっているに違いない。

そこまではタッカーの目論み通りだった。だが、思い通りの結果にはならなかった。

タッカーが手を伸ばすと同時に、扉が勢いよく開く。

三人目の追っ手が教会内に飛び込んできた。建物の外を回り込むのではなく、教会内を通って近道をしようと考えたのだろう。逃げようとする相手を挟み撃ちにしようと狙ったのかもしれない。

タッカーは驚いたが、不意を突かれたのは相手も同じだった。

追っ手はアイボリーのコートを着た女性の姿に気づき、どうして彼女が目の前にいるのか理解に苦しんでいる。

その一瞬の混乱に乗じて、タッカーが先に反応した。男に突進すると肩で体当たりし、そのまま扉を抜けて教会の外の薄暗い路地へと押し出す。路地を挟んで出口の向かい側にある煉瓦《れんが》の壁へと男を突き飛ばしてから、タッカーは相手のみぞおちに肘を叩き込んだ。しばらくは呼吸ができないほど苦しいはずだ。

男はあえぎながら体を折り曲げた。だが、隠し持った武器を探るだけの力は残っていたようだ。タッカーは体を回転させて勢いを付けながら腕を大きく振った。ＫＡ－ＢＡＲナイフの柄で男のこめかみを強打する。男は両膝を突き、そのまま前のめりに倒れた。

タッカーは素早く男の所持品を調べた。女性も教会から外に出ると、怯えた表情を浮かべながらも冷静に扉を閉めた。

教会とその周辺にはほとんど人がいないため、今のところこの襲撃には誰も気づいていないようだ。タッカーは男が持っていたFEG PA-63を奪い取った。ハンガリーの警察や軍が使用している拳銃だ。バッジの付いた身分証明書も発見し、中を改める。男の顔写真がある。バッジには見覚えがないが、正式なものだと思われる。バッジの上にはNemzetbiztonsági Szakszolgálat の文字が、下にはNSZの三文字が記されている。

文字を見て女性が息をのんだ。意味を理解したようだ。

〈嫌な予感がする〉

タッカーは女性の顔を見上げた。

「この人、ハンガリー国家安全保障局に所属している」

タッカーは大きく息を吸い込みながら立ち上がった。どうやらハンガリーのFBIに当たる組織の人間をぶちのめしてしまったらしい。いったい自分は何に巻き込まれたのか？　今のところ、その答えを知っているのはこの女性しかいない。

意識を失ったこの男性のそばでしゃがみ込んでいるところを、人に見られるわけにはいかない。こいつの仲間に見つかったりしたら最悪の展開だ。腐敗と汚職がはびこるこの旧ソ連圏の国では、今なお突然姿を消してしまう人が少なくないという。

しかも、今の自分は悪者を相手にしているのか、それとも国家権力に逆らっているのかすらもわからない。

立ち上がったタッカーは、女性の目に恐怖の色が浮かんでいることに気づいた。混乱してパニックに陥っている様子からすると、その恐怖に嘘はない。タッカーは広場を横切る女性の姿を思い返した。尾行相手から丸見えの動きだった。この女性が何者かはわからないが、犯罪に手を染めるような人物ではない。

ここは自分の直感を信じなければならない。タッカーがケインと組むことになった理由の一つに、「エンパシー」と呼ばれる共感能力での高い点数がある。軍用犬のハンドラーは「リードを通じてつながっている」と形容されることがある。一緒の時間を過ごすうちに、ハンドラーと犬は感情を共有するようになり、心の絆はどんなリードよりも太くなると言われる。その共感能力のおかげで、タッカーは人の気持ちも読むことができる。ほかの人なら見落としてしまうような微妙な動作や表情の変化から、心の動きを読むことができるのだ。

じっと見つめながら、タッカーはこの女性が大きなトラブルに巻き込まれていることを認識した。

何が起きているのかはわからないが、それはこの女性が悪いのではない。

それに今さら後には引けない。タッカーは女性の手を取り、小走りに路地の奥へと向かった。宿泊しているホテル――ヒルトン・ブダペストはここから遠くない。角を曲がってすぐのところだ。彼女を安全な場所まで連れていってから、何が起きているのかを問いただし、対抗策を考えればよい。

だが、その前にもっと情報が必要だ。情報を集めるには、目と耳が欠かせない——この場合は、鼻も役に立つ。

タッカーは再び携帯電話を取り出し、ボタンを押すと、無線で指示を送った。

ケインの耳に言葉が届く。明確な指示を与える言葉だ。

「追跡せよ」

立ち上がり、首輪からリードを引き抜く。舗装された道に当たって金具が立てる音を無視する。ベンチの後ろに回り込む。影が姿を隠してくれる。夜の空気に向かって鼻を高く上げると、感覚が外に広がっていく。暗闇をも見通すことができる視覚から得られる以上の情報が、嗅《きゅう》覚《かく》によって集められ、周囲の世界を埋めていく。

ポリバケツから流れてくるごみの濃厚なにおい……

石の壁から漂う古い尿の臭気……

そのすべてを押し流そうとする車の排気ガス……

しかし、ケインは意識を集中させ、後を追うように指示された古いにおいを探し当てる。ほかのにおいを押しのけて、一本の道筋のように漂ってくる。革と汗のにおい、皮膚にこびりついた塩の香り、目の前を歩く男の長いコートの下に閉じ込められたむっとする湿り気。

無数の香りを切り裂いて、そのにおいがビーコンの光のように輝きながら空気中に漂っている。ケインはその道筋をたどる。物陰に隠れながら、ベンチから石の建物の角へとにおいを追う。獲物がこちらに向かって走ってくる。角を曲がって近づいてくる。

ケインは姿勢を低くする。

獲物ともう一人の男が、目の前を通り過ぎる。自分に気づくことなく。

そのまま待つ。まだ待つ。さらに待つ――ようやく後を追う。

腹が道路をこすらんばかりの低い姿勢を保ちながら、影を選んで移動する。獲物を発見する。倒れた別の男をのぞき込んでいる。二人は倒れていた男を抱え上げ、周囲を見回し、立ち去っていく。

ケインはその後を追う。誰にも気づかれることなく。

タッカーは女性とともに急いでヒルトン・ブダペストの正面玄関を通り抜けた。歴史あるこの建物はマーチャーシュ聖堂から目と鼻の先にある。二人は誰とも出会うことなくホテルまでたどり着くことができた。

女性を促しながらロビーへと飛び込んだタッカーは、ここでもまたブダペストの街の随所に見られる現代と過去の融合に心を奪われた。十三世紀のドミニコ会修道院の一部を残し、教会の尖塔、修復された修道院の建物、ゴシック様式の地下室などがホテルに取り込まれているため、現代的なホテルと博物館を一つにまとめたような印象を受ける。二人が通ったばかりの正面玄関も、一六八八年に建造されたイエズス会系の大学のファサードをそのまま使用している。

タッカーがこのホテルでケインと同室での宿泊を許可されたのは、ケインが使役動物であることを証明する特別な国際軍事パスポートのおかげだ。ケインは階級も持っていて、タッカーよりも一つ上の少佐の位にある。軍用犬はいずれもハンドラーよりも一つ上の階級を与えられている。そのため、ハンドラーによる軍用犬の虐待は「上官に対する暴行」として軍法会議にかけられる。

ケインは階級と特別な待遇にふさわしい実績を残している。従軍中にはケインのおかげで何百人もの命が救われた。タッカーとケインの輝かしい功績と言えるだろう。

しかし、彼らには新たな任務がある。この女性を守り、いったい何に巻き込まれたのかを突き止めること。

タッカーは女性を案内して客室へと向かった。クイーンサイズのベッドがあるシングルルームだ。小ぢんまりとした部屋だが、ブダペスト市内の中央を貫くドナウ川を一望することができる。かつては川のこちら側が「ブダ」、対岸が「ペスト」という別の街だった。

タッカーは机のそばにあった椅子を部屋の中央に動かして女性に勧め、自分はベッドの端に腰掛けた。携帯電話の画面に目を向けると、ケインは二人の男の追跡を続けている。三人目の男は二人に抱えられているが、まだ意識が戻っていないらしく、自分の足で体を支えられずにいる。男たちは曲がりくねった狭い通りを歩いていた。

タッカーは携帯電話を膝の上に置き、女性の顔を見た。「俺がどんなトラブルに巻き込まれてしまったのか、教えてもらえないかな、ええと――」

女性は笑みを浮かべようとしたが、顔はこわばったままだ。「バータ。アリザ・バータよ」その目から涙があふれそうになる。事の重大さが実感となって心に押し寄せてきたのだろう。アリザは顔をそらした。「自分でも何が起こっているのかわからない。ロンドンから来たばかりなのよ。父に会うため――正確には、父を探すために。父はブダペスト・ユダヤ教大学の教授なの」

アリザが再びタッカーの顔を見た。大学名を知っているかどうか、確認するかのような目つきだ。

タッカーから何の反応もないのを見て、アリザは説明を続けた。涙声の中に父に対する誇りがうかがえる。「ユダヤ教研究においては最も著名な大学の一つで、設立されたのは十九世紀半ば。ラビの教育機関としては世界最古なのよ」

「君のお父さんもラビなのかい？」

「いいえ。父は歴史学者なの。ナチの戦争犯罪の研究が専門で、特にユダヤの財宝や資産の略奪を中心に扱っているわ」

「盗まれたものを探し出して本来の持ち主に返そうという試みの話は聞いたことがある」

アリザはうなずいた。「何十年という年月を要する作業だわ。私が働いているイギリスの政府機関によると、ナチが征服した国々から奪った財宝の総額は二十七兆ドルにのぼると推計されている。ハンガリーも例外ではないのよ」

「つまり、君のお父さんはハンガリーにおけるそうした犯罪を調査していたというわけだな」

タッカーはここで起きている問題を理解しつつあった。行方不明の歴史学者、失われたナチの財宝、そこにハンガリー国家安全保障局が関わっている。

誰かが何かを発見したのだ。

「この十年ほど、父はある特定の盗難事件の調査を行なっていたの。戦争末期のハンガリー国立銀行略奪事件よ。ナチの親衛隊の一人——エアハルト・ボック上級大佐と彼の率いる部隊が、三十六箱分の金塊と宝石を盗み出した。現代の価値に換算すると九千二百万ドルに相当するわ。当時の報告書によると、盗まれた品は貨物船に積み込まれ、ドナウ川をさかのぼってウィーンへと向かったんだけど、途中で戦闘機による爆撃を受け、ドナウ川がモラヴァ川と合流するあたりで川に捨てられたとされている」

「その財宝はいまだに発見されていないんだな？」

「父はそのことを不審に思ったの。この盗難事件は有名だし、財宝の運命についての話もよく知られている。しかも、一年のその時期はモラヴァ川の合流地点の水深が浅いうえに、当時は二年に及ぶ旱魃《かんばつ》のせいでさらに水量が少なかった。本当にそこに捨てられたのだったら、川底の泥に埋もれてしまう前に誰かが財宝の詰まった木箱を発見していなければおかしいわ」

「つまり、君のお父さんは財宝がそこに捨てられたのではないと考えていたんだな?」

アリザは目を輝かせた。「財宝は移送されたわけではなく、ここブダペストのどこかに隠されたのではないか、そう父は考えたの。エアハルト・ボックは戦況が変化して安全になったら回収しようと考え、それまでは財宝を人目につかないようにしたのだと。もちろん、そんな機会は訪れなかった。ボックは死に際して、財宝がまだここにあることをほのめかしていたらしいの。『ユダヤ人の死者の爪さえも届かない場所に埋まっている』と主張していたらしいわ」

タッカーはため息をついた。「一度ナチになると、更生しないものなんだな」

「でも、つい二日前のことだけど、私の自宅の留守番電話に父から謎のメッセージが残されていたの。大学図書館の最近修復された保管庫で発見された手がかりのおかげで、調査に大きな進展があったと。プラハ洞窟で見つかった資料らしいわ」

「プラハ洞窟?」

うなずくと、アリザは説明を続けた。「イスラエル国内を除くと、ブダペスト・ユダヤ教大学図書館はユダヤ教やユダヤの歴史に関する最大規模の資料を収蔵している。でも、ドイツ軍が市内に侵攻した時、ナチはユダヤ教大学を即座に閉鎖し、刑務所へと転用したわ。けれども、その直前に最も貴重な資料は大学の地下金庫に隠されていたの。それでも、相当数の重要な資料――三万冊の書籍がプラハへと移送された。アドルフ・アイヒマンが同市の旧ユダヤ人地区に建設を予定していた『滅びた人種の博物館』用だったそうよ」

「ひでえ話だ」

「プラハの地下にある洞窟から大量の資料が発見されたのは、一九八〇年代に入ってから。図書館へと返還されたのは一九八九年の共産党政権崩壊後だわ」

「つまり、君のお父さんは返還された資料の中から何かを発見したわけか」

アリザは顔をしかめながらタッカーを見た。「それもよりによって神学書の中なの。留守番電話のメッセージで、父は衛星のデータを手に入れたいので、イギリスの政府機関に私から頼んでほしいと言っていたわ。ハンガリーからは簡単にアクセスできないらしくて」

「どんなデータなんだ?」

「アメリカの地球物理学衛星からの地中レーダーの情報。ドナウ川の対岸に当たるペスト地区の地下深くをスキャンしたデータが必要だということだったの」

アリザはドナウ川に目を向けた。夜の帳《とばり》が下り、窓の外には街の明かりが広がっている。

「留守番電話のメッセージを聞いた後、詳しい話を聞こうと思って何度も父に連絡を取ろうとしたんだけれど、電話に出ないの。二十四時間たっても音沙汰がないから、心配になって父の友人に様子を見にいってもらったら、部屋が荒らされていて、父の居場所もわからないって言うし。だから朝一番の飛行機でこっちに来たの。今までずっと警察署にいたんだけれど、捜査に進展はないみたいで、何かあったら連絡すると約束してくれただけ。それでホテルに戻ったら、部屋の扉がこじ開けられていて、私の荷物は調べられているし、室内をひっくり返して何かを探した形跡があったの」

アリザはタッカーへと視線を戻した。「どうしたらいいかわからないし、頼ることのできる人もいないから、ホテルから逃げ出してあの広場へとたどり着いたの。誰かに監視されている、尾行されているに違いないと思ったけれど、考えすぎのような気もしていたし。私をどうしようというの？　彼らはいったい何を探しているの？」

アリザは目を見開き、コートのポケットに手を入れた。小さなＵＳＢメモリを取り出す。

「お父さんから依頼のあった衛星のデータは入手することができたのか？」

「これが目当てなの？」

「それと、おそらく君自身だ。君のお父さんとの交渉材料に使うつもりなのだろう」

「でも、どうして？　父はどこにいるの？」

タッカーは膝の上に置いた携帯電話の画面に目を落とした。ケインが後をつけている男たちは、歴史地区の外れに駐車した一台のセダンの前にいる。タッカーはケインの歩みが止まり、車の近くの物陰に隠れたのを確認した。リーダーの男は目立つからすぐにわかる。セダンのボンネットに寄りかかり、携帯電話で会話をしている。

「その答えはこの男たちが教えてくれるかもしれない」タッカーはつぶやいた。「君はハンガリー語を話せるのか？」

「ええ。両親はハンガリーの出身なの。ハンガリー国内のユダヤ人がアウシュヴィッツへと送られた時、一族の大勢が命を失ったけど、生き残った人たちもいたわ」

タッカーはベッドをぽんと叩いて隣に来るように促した。「だったらこいつを聞いてくれ」

アリザはタッカーの横に座り、画面上に表示された映像を眺めた。「誰がこれを撮影しているの？」画面に顔を近づける。「これって私を尾行していた男たちじゃない？」

「そうだ」

アリザは眉間《みけん》にしわを寄せながらタッカーの顔を見た。「どうやって——？」

「俺の犬に連中を追跡させた。あいつには監視用の機器が備わっているのさ」

タッカーの説明を聞いても、アリザの眉間のしわは深くなるばかりだ。さらに細かく説明する代わりに、タッカーは映像の音声が聞こえるようにスピーカーフォンの音量を上げた。車の騒音と風の音が大男の声をかき消してしまっているが、会話の断片ははっきりと聞き取ることができる。

アリザは首をかしげ、耳を傾けた。

タッカーはアリザのすらりとした首筋を眺めた。意識を集中して唇を軽くすぼめる様も悪くない。

「何の話をしている？」タッカーは訊ねた。

アリザは音声を聞き取りながら、ぽつりぽつりと答え始めた。「墓地の話をしている……失われたユダヤ人墓地の話」男が通話を終えてセダンに乗り込むと、アリザは首を横に振った。

「最後に何か言っていたわ。通りの名前だと思う。シャルゴータルヤーニ」

画面の中の車が走り去る。タッカーは携帯電話を手に取ってボタンを押し、ケインに指示を与えた。「家に戻ってこい。よくやったぞ、ケイン」

携帯電話を口元から離すと、ケインが向きを変えてホテルへと戻り始めた。それを確認してから、タッカーはアリザに向き直った。

「あの三人組は悪事に加担しているようだ。何者かが君のお父さんの調査の話を聞きつけ、失われた財宝の発見に関して大きな進展があったらしいとの噂を耳にした。かつて奪い取られた財宝を、再び奪い取ろうとしているんだ」

「だったら、どうすればいいの？　警察に知らせる？」

「そいつは賢明なやり方とは思えないな。お父さんを生きて取り戻したいと思っているのなら」

その言葉にアリザの顔から血の気が引いた。しかし、タッカーは言葉の選択を後悔したりはしなかった。状況が危険だということを彼女にも認識してもらわないといけない。

「君に尾行をまかれてしまったから、連中はあわてているに違いない」さっきの不鮮明な映像からも、タッカーは相手の動揺を見て取ることができた。「警察はすでに君のお父さんが行方不明になった事件の捜査を始めている。あいつらが交渉材料として使うために君を捕まえようとしたからには、お父さんはまだ生きているのだろう。けれども、警察の捜査網が狭まりつつあり、君も見失ってしまったから、連中は焦りを見せている。今夜のうちに必要なものを手に入れられなければ、証拠を隠滅《いんめつ》するために君のお父さんを殺す可能性がある。君のお父さんが彼らの望むものを与えたとしても、結果的には同じことになるかもしれないな」

「もう希望はないということなのね」

「希望は常にある。相手が焦れば、ミスをする可能性が高くなる」

〈同時に、危険も高くなる〉タッカーは心の中で付け加えた。

「じゃあ、どうしたらいいの？」

「君のお父さんがどこに連れていかれたのかを突き止めるんだ。さっき通りの名前が出たな。その場所はわかるか？」

「いいえ。この街のことはそこまで詳しくないの」

「地図がある」

タッカーは地図を取り出し、ベッドの上に広げた。

アリザも地図をのぞき込んだ。肩と肩が触れ合い、ジャスミンの香水がタッカーの鼻をくすぐる。「ここだわ」アリザが言った。「シャルゴータルヤーニ通り」

タッカーは通りに沿って指を走らせた。「ペスト地区の中心部に近いな。それに、この通りに隣接しているのは……」タッカーは地図上の文字を読み上げながらアリザを見た。「ケレペシ墓地だ。連中が話していた『失われたユダヤ人墓地』というのは、これのことじゃないのか?」

「違うと思うわ。ケレペシはハンガリー国内で最も古い墓地なの」アリザはドナウ川沿いの地区へと指先を動かした。「ここがユダヤ人地区で、ユダヤ人のお墓のほとんどはこのあたりにあるわ。ケレペシ墓地からは五キロほど離れている」

「それなら、俺がケインを連れてその通りを調べてくる」

「危険すぎるわ」アリザはタッカーの腕に触れた。「そんなことをあなたにお願いするわけにいかない」

「君がお願いする必要なんてない。この件にけりをつけなければ、連中は俺も探しにくる。路地で俺が倒した男は、君が一人ではなかったことを知っている。これから一生の間、ハンガリー国家安全保障局の腐敗した捜査官の影にびくびくしながら暮らすのはごめんだ」

「じゃあ、私も一緒に行くわ」

「だめだ。ケインと俺だけで行く。その方が安全だ」

扉へと向かいかけたタッカーの前に、アリザが立ちはだかった。「あなたはハンガリー語が話せないでしょ。私の父の顔も知らない。それにこの街のことだって何も知らないじゃないの。命が危険にさらされているのは私の父なのよ。うまくいきますようにと祈りながらじっと座って待っていることなんてできない。私たちユダヤ人は過去にそうしていてひどい目に遭ったんだから」

アリザはまだ何か言いたそうだったが、タッカーは肩をすくめた。「言葉の壁があるのは確かだな。さあ、行くぞ」

＊　＊　＊

タッカーはタクシーの後部座席に座っていた。車はドナウ川に架かる重厚なセーチェーニ鎖橋を渡っている。アリザはタッカーの隣に座り、その向こう側にケインがいる。シェパードはタクシーでの移動の間、窓の隙間から鼻先を外に突き出し、うれしそうにしっぽを振り続けている。

アリザはケインの肩を優しくなでていた。ケインが盛んにしっぽを振っているのは、そのせいなのかもしれない。少なくとも、ケインのおかげでアリザは落ち着きを取り戻しつつある。体からはまだ緊張が感じられるものの、少し力みが抜けた様子だ。それでも、膝の上に乗せた父親の古いセーターを、指の関節が白くなるほど強く握り締めている。

二人はホテルを出て、ヒルトン・ブダペストの入口の外で大人しく待っていたケインと合流した。また、ブダ地区を離れる前にアリザの父の友人と落ち合い、立入禁止のテープが貼られた父の部屋にこっそり入れてもらっただけでなく、クローゼットの籠《かご》に入っていたセーターを持ち出すこともできた。アリザの父のにおいが必要だったからだ。危険を伴う行動だったが、どうやら部屋は監視下に置かれていなかったようだ。

しかし、タクシーが橋を渡り終えてブダ地区からペスト地区へと入っても、タッカーは尾行に対する警戒を緩めなかった。

さらに十五分ほどすると、車はペスト地区の中心へと入り、起伏に富んだ公園のような地形のケレペシ墓地の脇を走っていた。大きな霊廟《れいびょう》、数え切れないほどの像、斜面に連なる墓石が見える。

タクシーは墓地に沿って延びるシャルゴータルヤーニ通りの入口で停止した。アリザが運転手とハンガリー語で二言三言、言葉を交わす。運転手はハンドルを握りながら、しきりにケインのことを気にしている様子だった。アリザは多めのチップを添えて支払いをすませた。

全員が車から降り、タクシーが走り去るのを待つ。

車の姿が見えなくなると、アリザはタッカーの方を見た。「これからどうするの?」

「ここからはケインに先導してもらう。だが、その前に準備が必要だ」

タッカーは古いオークの大木の陰にある道路沿いのベンチを指差した。ここから先の通りは人気《ひとけ》がない。ブナやカバが密生し、葉の大きな植物の茂みや野生のバラが生い茂っている。木々の間から明かりが漏れているので、道路沿いには何軒かの家があるのだろう。道路には穴が開いているが、補修されないまま長く放置されているようだ。

タッカーはアリザとともにベンチへと向かい、腰を下ろした。

ケインも古い切り株の根元で後ろ足を上げ、この通りで自分の存在を主張してから、二人のもとへやってきた。タッカーはケインの首筋をさすり、セーターの下のベストも軽く振って音が鳴らないことを確認した。ケインの居場所が相手に知られてはまずいからだ。ここから先はできるだけ密かに動かなければならない。タッカーはカメラのスイッチを入れ、レンズを前に向け、ケインのイヤホンをチェックした。

「すべてオーケーだ、相棒」そう言いながら、タッカーは鼻と鼻をこすりつけた。「狩りの準備はいいか?」

ケインはしっぽを大きく一振りして答えた。濃い茶色の瞳が暗がりで輝いている。

アリザがタッカーにウールのセーターを手渡した。すでにケインは彼女の父親のにおいを十分に嗅いでいるが、再確認させて損はない。

「ターゲット」タッカーの言葉に合わせて、ケインがウールのセーターのにおいを深く吸い込む。ケインが鼻をセーターから離すと、タッカーは木々に覆われた通りの先を指差した。「追跡して発見せよ」

ケインは体を反転させて走り出した。数秒もしないうちに、ケインの姿はまるで幻のように影に紛れて見えなくなった。

タッカーは立ち上がり、携帯電話を取り出した。シェパードとの意思の疎通を図るために、自分もイヤホンをはめ、スロートマイクを装着する。イヤホンを通して、ケインの軽い息遣いと鼻を鳴らす音が届く。監視用の機器には感度の高いマイクも含まれており、音は増幅されてはっきりと聞こえる。

最後にもう一度だけ説得を試みようと、タッカーはアリザの方を見た。「ここで待っていてもいいんだぜ。俺たちが何かを発見したら――」

アリザは迷うような表情を見せたものの、立ち上がった。「一緒に行くわ」

タッカーはうなずき、腰のベルトに挟んだFEG PA-63を確認した。三人組の一人から奪い取った拳銃だ。「ケインが何を探し出すか、見にいくとするか」

二人は通りの先へと歩き始めた。生い茂った木々が作り出す影を選び、時折現れる煉瓦造りの建物から漏れる明かりを避けて進む。しかし、そこまでの注意が必要なわけではない。ケインの声が聞けるし、カメラを通じてケインの目に映るものを見ることもできる。ケインはただの相棒ではない。タッカーの体の一部も同然だった。

先へと進むうちに、遠くでほかの犬たちの吠える声が聞こえてきた。ケインの侵入ににおいで気づいたのだろう。人間の鼻には平均すると約六百万個の嗅覚受容体があるが、ケインのような猟犬の場合は三億個もある。そのおかげで嗅覚が人間よりもはるかに優れており、アメリカンフットボールのフィールド二つ分の距離からでもターゲットのにおいを感知することができる。

タッカーは片方の目を前方の道に向け、片方の耳を周囲の物音に傾けた。その間も、この通りに残る臭跡をたどって歩き続けるケインの動きを、携帯電話の画面で確認し続ける。タッカーは自分の五感が広がっていくのを感じた。相棒に匹敵するレベルにまで研ぎ澄まされ、人間と犬との境目が曖昧《あいまい》になっていく。

タッカーはアリザの存在をより強く意識するようになっていた。肌の香り、靴音、口から漏れるかすかな息遣いにも敏感になる。寄り添うように歩くアリザの体温までもが背中に感じられる。

画面上では、ケインが低い姿勢で再び通りを横切り、行き止まりのように見える場所の手前でぐるぐると回っている。そのあたりに家はない。森はさらに深く、高くなり、樹齢の古い木々が増えているようだ。木々の間に埋もれて、煉瓦でできたアーチ状の入口がある。正面の煉瓦にはひび割れや隙間が目立つ。錆《さ》びた黒い鉄製のゲートが入口をふさいでいる。

〈あのゲートの先に何があるのか?〉

ケインは物陰を選んで行き止まりの端に沿って移動しながら、ゲートへと近づいていく。入口のすぐ隣に管理人用の小屋があり、明かりのついていない暗い窓が確認できる。ケインが鉄製のゲートの下端のにおいを嗅ぐ――その瞬間、ケインは体をこわばらせ、鼻を上に向け、しっぽを高く掲げた。

ピンと体を伸ばしたその姿勢は、相棒による成功の宣言だ。

タッカーは画面から目を離し、アリザの腕に触れた。「ケインがこの先で君のお父さんのにおいを見つけた」

大きく見開いたアリザの瞳に、希望の光が輝き始めた。アリザは先を急ごうと足を踏み出しかけたが、タッカーは腕を強く握って彼女を制止した。

「俺より前に出るんじゃない」タッカーはスロートマイクに手を触れ、サブヴォーカライジングでケインに指示を伝えた。「よくやった。任務完了。隠れていろ」

画面上のケインの視点が動き、ゲートから離れ、入口の右手にある物陰へと移っていく。

タッカーはアリザを先導して通りの先へと進んだ。突き当たりに到達したが、特に異常はなさそうだ。タッカーはアリザをブナの木の下へと導いた。

「ゲートを調べてくる」タッカーは告げた。「鍵がかかっているかもしれない。俺が合図をするまで、隠れているように」

アリザはうなずきながら、片手で不安そうに喉元を押さえた。

タッカーはゲートへと真っ直ぐには向かわず、ケインにならって行き止まりの端に沿って深い影になった部分を選びながら歩いた。夜空には月が明るく輝き、十分すぎるほどの光を投げかけている。

煉瓦造りのアーチとともに小屋の窓が見えてくると、タッカーは体勢を低くして窓から直接姿を見られないようにした。警戒されることなく、ゲートまで到達する。チェーンはかかっていない。ゲートの片側を押そうとして手を伸ばしかけた時、二つの光——ヘッドライトがゲートの向こう側で輝いた。まぶしい光を浴びてタッカーの目がくらむ。

暗闇から聞き覚えのある不機嫌そうな声が聞こえてきた。ハンガリー語だから意味はわからない。タッカーは声を無視することにした。光の当たらないところへ素早く移動し、FEG PA-63を抜き、ヘッドライトを目がけて発砲する。

応戦した相手の銃弾がゲートに当たって跳ね返り、煉瓦に食い込む。

ガラスが割れる音とともに、一方のヘッドライトが消えた。

次の瞬間、車が急発進した。

〈くそっ〉

セダンが真っ直ぐに向かってくるのを見て、タッカーは入口から離れ、脇へと飛びのいた。肩から地面に着地して体を回転させながらよけるすぐそばで、大きな音とともにゲートが勢いよく開き、黒い車体が道路に飛び出してくる。森に逃げ込もうとするタッカーの後を銃弾が追う。タッカーはオークの老木の幹の陰に隠れて一息ついた。

サブヴォーカライジングでケインに指示を与える。「そのまま隠れていろ」

ひとまず隠れて相手をやり過ごすしかない。

その時、アイドリングのエンジン音をかき消して、ハンガリー語の大声が聞こえてきた。

タッカーは用心しながら通りの様子を確認した。停止したセダンの後部座席の扉が開いている。

ヘッドライトの光に照らされて、車の中へと引きずり込まれるアリザの姿が見えた。急に飛び出してきたセダンに驚いたアリザは、隠れていた場所がヘッドライトで照らし出されても、とっさに逃げることができなかったのだろう。

あばたのある大男がアリザの喉をつかみ、こめかみに拳銃を突きつけている。男は今度は英語で呼びかけた。「すぐに出てこないと女が死ぬぞ！」

選択の余地はない。タッカーは両手を高く掲げ、一本の指に拳銃をぶら下げた格好で、木の陰から通りへと出た。

「銃をこっちによこせ！」男が命令する。

タッカーは銃をセダンの方へふわりと投げた。銃は車体の下へと滑っていく。

「こっちへ来い！」

どうやら面白いことになりそうだ……こっちにとっては決してありがたい展開ではないが。

隣に並ぶと、アリザが申し訳なさそうな視線を向けてくる。

タッカーは首を横に振った。〈君のせいじゃない〉

ほかに武器を隠し持っていないか簡単に調べられた後、タッカーとアリザは銃を突きつけられたまま入口へと歩かされた。壊れたゲートは斜めになって引っかかっている状態だ。セダンもバックしながらゲートに戻ってくる。轢《ひ》かれたくなければ、前に歩くしかない。

煉瓦造りのアーチの奥は森がいっそう深くなり、ツタや厚いシダの葉が生い茂っていた。墓石や霊廟が子供の散らかした積み木のように点在している。陥没してしまった墓も多く、地面のあちこちに大きな穴が開いていた。そのほかにも、倒れてしまった墓石や、隣の墓石に寄りかかってかろうじて立っているものもある。白い大理石や石は苔《こけ》や地衣類で覆われている。落ち葉や折れた枝の下に埋もれてしまった墓もある。

タッカーはアリザの目を見た。

彼女も気づいているようだ。

いちばん近くにある墓石には、ダヴィデの星が深く刻まれている。

ここが失われたユダヤ人墓地だったのだ。

二人は入口の横にある管理人の小屋へと連れていかれた。小屋の中には小さな部屋があり、厚手のカーテンを通して弱い光が漏れている。

二人が近づくと扉が開き、室内からまぶしい光がこぼれる。

見知らぬ人物が立っていた。背の高い痩せた男で、レンズの厚い黒縁の眼鏡をかけている。

タッカーを一瞥した男の視線がアリザに止まる。

アリザは足を踏み出しかけたが思いとどまった。「チョルバ教授……」

どうやらアリザはこの男を知っているらしい。

「ヨー・エシュテート、ミス・バータ」男は挨拶した。「このような状況での再会になったことを申し訳ないと思っている」

男は部屋の入口の脇にどいた。

「ドモンコシュ、二人の客人を中に案内してくれたまえ」教授の視線がようやくタッカーへと戻る。「他人に頼ることを好まないミス・バータがボディーガードを雇うとは予想していなかったな。私の計算ミスだ。まあ、結果に変わりはないが」

ドモンコシュと呼ばれた顔にあばたのある大男は、タッカーを小屋の中に突き飛ばした。

室内は質素ながらも趣のある造りだ。荒削りの木の床の上には使い古した厚手の絨毯《じゅうたん》が敷かれ、低い天井は木製の梁《はり》がむき出しになっている。小さな暖炉では薪《たきぎ》の燃えさしが赤く輝いていた。

タッカーは壁を背にして立つように命令された。ドモンコシュが監視の目を向ける。残る二人のうちの一人は窓の横で警戒に当たっている。もう一人は部屋の外へと姿を消した。外の通りを見張りながら、さっきの短い銃撃戦の音を聞きつけた近所の人が様子をうかがいにきたら、対応するつもりなのだろう。

壁際に立ちながら、タッカーは記憶にしみついた腐臭が空気中を漂っていることに気づいた。この部屋のさらに奥にある薄暗い場所からにおってくる。そこにある何かが、おそらく一人あるいは二人の死体が、腐敗して悪臭を放ち始めているのだろう。この墓地の管理人に違いない。

しかし、ここで流された血のすべてが過去のものというわけではなかった。

真っ白な髪をした年配の男が一人、椅子に縛り付けられていた。顔面は傷だらけで、片目が腫れてふさがり、左右の鼻の穴から流れた血が乾いて固まっている。タッカーが部屋に入った時、男はまだ開いているもう片方の目に敵意を込めてにらみつけた――だが、タッカーに続いて入ってきた女性の姿を見て、その敵意が消えていく。

「アリザ！」男はかすれた声で叫んだ。

「パパ！」アリザは椅子へと駆け寄り、父親の横で崩れ落ちるかのように両膝を突いた。涙が頬を伝っている。アリザはチョルバの方を見た。「どうしてこんな……？」

「九千二百万ドル分の理由があるものでね」

「でも、あなたは父と三十年間も一緒に仕事をしてきたじゃないの」

「その通り。しかし、そのうちの十年間は共産党政権の時代だった。その間、君のお父さんはロンドンで暮らし、家族を作り、自由な生活を満喫していた」教授の声には嫉妬と行き場のない怒りが込められている。「ここでの暮らしがどんなものだったか、君には想像もつかないだろう。『暮らし』などと呼べるかどうかすら怪しいものだ。妻のマーヤは抗生物質が足りなかったために命を落とした。勇敢だった娘のルイザも、『戦士』を意味するその名にふさわしく、抗議デモに参加していて撃たれてしまった。この財宝をハンガリー政府などに渡してたまるか。かつての政権よりはまだましだが、権力の座にある人間などみんな同じだ。絶対に渡さん！」

「だったら自分のものにする気なの？」アリザは教授の激しい口調に対して一歩も引かずに訊

ねた。

「世の中のために使う。虐げられた者たちを助け、病人たちを治療するために」

「私の父はどうするつもりなの？」アリザは涙声で訊ねた。「父のことも治療してくれるの？」

「命は助けてやろう。彼が協力すれば、そして君も協力してくれれば」

〈そんな気はさらさらないくせに〉タッカーは思った。

表情から推測するに、アリザも同じ疑いを抱いているようだ。

チョルバは手のひらを差し出した。「私もいろいろと情報網を持っているのだよ、アリザ。お父さんに頼まれたものを君が入手したということは知っている。アメリカ人から手に入れた衛星のデータだ」

「渡してはだめだ……」アリザの父は絞り出すような声で制止した。口を開くだけでもつらそうだ。

アリザは父を見てからタッカーへと視線を向けた。

彼女にほかの選択肢はない。こいつらはアリザの持ち物を調べ、力に訴え、結局は欲しいものを手に入れるだろう。

タッカーは顎を引いてうなずき、自分の判断を伝えた――だが、その動作にはスロートマイクを隠すという目的もあった。携帯電話もナイフも没収されてしまったが、左耳に深く押し込んだイヤホンと喉頭《こうとう》にテープで留めた無線マイクの薄いセンサーは気づかれずにすんだ。感度の高いこのマイクは、ほんのわずかなサブヴォーカライジングのささやき声でも拾ってくれる。アリザの手渡したUSBメモリへと室内の男たちの注意が向けられている隙に、タッカーは口を手で覆い、そっと命令をささやいた。

ケインは物陰に隠れている。心臓の鼓動が高まる中、静かに呼吸を続ける。胸を締め付けるような銃声、タイヤのきしる音、油を含む排気ガスの放出を覚えている。相棒のもとへと駆けつけ、うなり、吠え、嚙みつきたいと思った。けれども、物陰でじっと待っている。なぜなら、そうするように言われたから。

今、新たな指示が耳に聞こえる。

「銃を回収しろ。車の下に隠れろ」

暗がりから月明かりに照らされた舗装道路を見つめる。銃が見える。ケインは銃を知っている。相棒が投げた時、銃が車の下へと滑っていくのを見ていた。その後、車は走り去ったが、銃はその場に残っている。

ケインは低い姿勢のまま暗闇から走り出す。銃を口にくわえると、煙と炎の味がする。かすかに相棒の汗の味もする。暗がりへと戻り、姿を隠すが、今度はそこにとどまらない。音を立てずに方向転換し、再び走り出す。アーチの下をくぐり、熱が冷めつつあるエンジンの立てるかすかな音と燃えた油のにおいを目指す――車の下に隠れて待つために。

その時、左手の方角からうなり声が聞こえる。

森の中からいくつもの影が現れ、いちばん大きな影がケインの前に立ちはだかる。

道沿いに、草むらに、空気中に、ほかの犬のにおいが漂っている。この場所は自分たちのものだと主張するにおいだ。口にくわえた銃を離して地面に置く。この一帯を覆う影を縫うように近づいてくるしっかりとした足取りから、リーダーはすぐにわかる。ここは彼らが支配する土地だ。彼らは自分たちの場所を守っている。

相棒を守るために、ケインはこの土地のリーダーにならなければならない——たとえ今夜限りのリーダーだとしても。

低いうなり声をあげながら、ケインはいちばん大きな影へと飛びかかる。

激しく争う犬たちのうなり声と甲高い鳴き声が、小屋の中にも不気味に響き渡る。血と、怒りと、生きるための本能に満ちた声は、先史時代から時を超えて聞こえてくるかのようだ。

タッカーはイヤホンからもその声を耳にした。

ケインだ。

恐怖のあまり胸が締め付けられる。

吠えたてる犬の鳴き声に、ドモンコシュが笑みを浮かべた。ハンガリー語で何かを言うと、窓際にいる仲間が笑い声をあげる。

チョルバはアタッシュケースから取り出したラップトップ・コンピューターの画面を凝視したままだ。「野良犬どもめ」作業を続けながらつぶやく。「墓地のこのあたりは人がほとんど寄りつかないから、住み着いてしまっている」

ケインがこの場所を調べた時に、何も反応がなかったのも納得できる。いつもの野良犬がうろついているとしか思わなかったのだろう。

「犬どもめ！」チョルバは吐き捨てた。「ヤコブ、君が大いなる財宝を手渡そうとしている相手もその手合いだ」

アリザの父はわずかに顔を上げ、チョルバをにらみつけた。父と娘はしっかりと手を握り合っている。無事にここから逃げられるかもしれないなどという甘い考えは、二人とも抱いていない。

「だが、権力の座にある人間というのは、犬よりも浅ましい」チョルバの話は続いている。「あれだけの金塊を手にしたら最後、腐敗と堕落の嵐が巻き起こるだろう。きっと大勢の命が失われる。こうする方がいいのだ」

うなり声と荒々しい鳴き声の大合唱がひっきりなしに続いているせいで、タッカーは話に集中できずにいた——その時、不意に犬の争いが終わった。何事もなかったかのような静けさが支配する。タッカーは固唾《かたず》をのんで戦いの結果に耳を澄ました。だが、何も聞こえてこない。

激しい息遣いも、鼻を鳴らす音も、やわらかい足音も。

これまで絶えることなく続いていたケインの存在が、ケインの存在から得られる安心感が、まったく消えてしまった。カメラの音声機能がいかれたのか、あるいは戦いの途中で偶然にスイッチが切れてしまったのか?

あるいは、もっと悪い何かが起きたのか?

心臓が喉元にまでせり上がる。

〈ケイン……〉

チョルバは左右の手のひらをこすり合わせた。「これでよし」

ラップトップ・コンピューターの画面いっぱいに、この墓地の古地図が表示されていた。手描きの地図で、煉瓦造りのアーチも記されている。

教授は画面を指差した。「この地図は一八八八年のとある埋葬に関して記した古い文書の中からヤコブが発見したものだ。墓掘り人たちがこの墓地の地下にある洞窟まで掘り抜いてしまったとの記述がある。ハンガリーの国土にはこのような天然の洞窟群が数多く存在している。ここ首都ブダペストの地下でも、大小含めて二百以上の洞窟が発見されているのだ。そのほとんどはこの地域の地熱活動の産物だ」

アリザが目を見開いて反応した。「エアハルト・ボック上級大佐が死に際に語った、盗んだ財宝は『ユダヤ人の死者の爪さえも届かない場所に埋まっている』という言葉――あれは文字通りの意味だったのね。ユダヤ人墓地を指していたのよ。ユダヤ人墓地の地下にあると言っていたんだわ」

「ナチが盗んだ財宝をユダヤ人墓地に埋めるとはな」チョルバは応じた。「エアハルト・ボックはユダヤ人地区から離れた場所にあるこの小さな墓地の話を聞きつけ、地下に洞窟が存在することも知ったに違いない。財宝を隠した後、そのことを知っている人間を全員殺し、この場所について言及した記録もすべて削除したのだろう。後で回収することができなかった場合でも、秘密は自分の死とともに永遠に忘れ去られるというわけだ」

ヤコブは顔を上げ、娘に向かって語りかけた。「しかし、古い本の一部が戦火を免れ、ブダペストに返還されることになろうとは思いもよらなかった。悪人というのはそこまで頭が回らないものなのだ」

最後の言葉はチョルバに向けられたものだったが、当の本人は意に介していない。

「さあ、始めるぞ」チョルバは言った。

コンピューターの画面上で、最新の衛星からのデータが手描きの古地図の上に重なり始めた。地中レーダーは地下深くの空洞を検知することができる。隠れた地下室や掩蔽壕《えんぺいごう》から、洞窟群全体まで探り出すことも可能だ。画面上に現れた等高線は、墓地の地上部分の地形を示している。濃い色の斑点は、地上からは見えない地下の空洞だ。画面の左上に大きな黒い点が見える。地図に記された、あるユダヤ人の墓の真下に位置している。

チョルバが振り返った。その顔からは興奮している様子がはっきりとうかがえる。「あったぞ！」

チョルバはドモンコシュの方を見た。「ほかの二人とともに、ハンマー、バール、懐中電灯を用意したまえ。財宝がここにあるのなら、今夜中にトラックへ積み込んで、怪しまれないうちにブダペストを離れるとしよう」

大男はタッカーを指差し、ハンガリー語で何かを伝えた。

チョルバがうなずき、ハンガリー語で答えを返す。

タッカーはアリザの方を見た。

アリザは怯えた表情を浮かべながら説明した。「あなたは力がありそうだと言っている。墓をこじ開けるのにはもう一人くらい人手が必要だと」

つまり、自分の墓を自分でこじ開けることになるのだろう。

チョルバはアリザを指差した。「彼女を縛っておけ。財宝がここにあると確認できてから、こいつらの処分を考える」

アリザの手首と足首がプラスチック製の紐で素早く縛られた。

アリザが拘束されたのを確認してから、チョルバは小さな箱を取り出し、机の上に置いてふたを開けた。中には黄色がかった灰色をしたＣ４爆薬の塊があり、雷管が接続されている。

チョルバがスイッチを入れると、緑色の光の列が点灯した。

チョルバは振り返り、英語で説明を始めた。囚人たちが状況を理解できるようにと考えてのことだろう。「これはハンガリー国家安全保障局のドモンコシュの同僚から入手したものだ」チョルバはトランスミッターを掲げた。「このささやかな贈り物があれば、我々のこの小屋での犯罪行為を消すことができる。同時に、爆発による混乱に乗じてハンガリー国外へと脱出できるというわけだ」

チョルバはトランスミッターをポケットにしまいながら、タッカーに視線を向けた。「差し当たってのところは、君が愚かな行動を起こそうなどと考えないようにするための、ちょっとした保険代わりになる。私がボタンを押すだけで、アリザとヤコブはこの墓地で永遠の眠りに就くことになるぞ」

タッカーは後ろから押されるままに、小屋の中から夜の墓地へと出た。明るい室内にいたため、木々に覆われた墓地は果てしない暗闇にしか見えない。タッカーはケインを探した。拳銃を持って無事にセダンの下までたどり着けたのだろうか？

この目で確認しなければわからない。タッカーはつまずいたふりをして腹這いに倒れた。ドモンコシュがげらげらと笑い声をあげる。タッカーは地面に這いつくばったまま、セダンの車体の下を探した。暗い隙間には何もない。

ケインの姿は見えない。

大きな手がタッカーをつかみ、引っ張り起こした。

「六万平方メートル以上あるこの敷地内には、地面に埋もれた墓標や墓石が点在している」

チョルバは警告した。「下手をすれば簡単に頭が割れてしまうぞ。まあ、せいぜい注意して歩くことだな」

文字通りの注意以上の脅しが込められた言葉だ。

片手に懐中電灯を、もう片方の手に携帯型のGPSを握って、チョルバが先頭に立った。タッカーが続き、その後ろから三人の男たちがついてくる。墓地には草木が生い茂っていて、あらゆる表面にツタが巻き付いていた。螺旋状に伸びた巻きひげがジャケットに引っかかる。枯れ枝を踏むと、乾いた骨が折れたかのような音を立てる。

懐中電灯の光を頼りに周囲を見回すと、古い墓石よりもはるかに大きな脅威が目に入る。落ち葉やツタに半ば隠れて、大きな穴がいくつも地面に口を開けていた。陥没したか略奪されたかした古い墓だろう。

脅しの意味はともかくとして、タッカーはチョルバの注意を守り、慎重に一歩ずつ足を踏み出した。

後ろに続く男たちはハンガリー語で愉快そうに話をしている。九千二百万ドルの分け前の使い道でも相談しているのだろう。一方、教授は無言のまま、物思いにふけった様子で歩き続けている。

相手の警戒が緩んだ隙に、タッカーはスロートマイクに触れ、ケインを呼び出そうと試みた。

〈聞こえるか、相棒？〉

ケインは影に取り囲まれた中で低い姿勢を保っている。

血が流れ、息遣いは荒い。ほかの影をにらむ。

誰も近寄ってこない。誰も戦いを挑んでこない。最初に挑んできた相手は、地面に腹這いになり、服従の低い鳴き声をあげている。喉の傷はケインの牙が食い込んだ跡だ。だが、致命傷ではない。勝てない敵には屈服するべきだと相手が心得ていたからだ。相手からは尿と敗北感のにおいが漂う。

ケインは相手に近寄ることを許す。鼻先をなめ合い、相手に立つことを認め、引き続き群れを率いることも認める。

ようやくケインは周囲を見回す。争いの間に、車からも、銃からも、離れてしまっている。どうすればいいかを考える。その時、新たな指示が耳に届く。

「俺を追跡しろ。銃を持ってこい。隠れたまま」

この荒れた土地を我が物としたケインは、争いが始まった地点へと戻る。音もなく木々の間を駆け抜け、草をかき分け、暗がりを飛び越え、石をよける。

しかし、自分のものになったのはこの土地だけではない。

いくつもの影がケインの後を追う。

ケインには仲間がいる。

GPSを手に持ったまま、チョルバがハンガリー語で声をあげた。

地面から三十センチほどの高さのある、上部が平らになった墓の前で立ち止まっている。表面は堆積した落ち葉や苔で厚く覆われていて、まるで大地が墓をのみ込もうとしているかのようだ。

タッカーはハンマーとバールを渡された。この道具を使って反撃する方法はないかと考えたものの、チョルバはGPSを拳銃に持ち替え、銃口をタッカーへと向けている。どうやら教授は肉体労働が苦手らしい。しかも、チョルバのポケットにはトランスミッターが入っている。

タッカーは恐怖に歪《ゆが》んだアリザの顔を思い浮かべた。父親の表情にも悲しみがにじみ出ていた。二人の期待を裏切るわけにはいかない。

今のところは協力するしかないと判断し、タッカーは三人の男たちとともに作業に取りかかった。ハンマーを使って少しずつふたを緩めてから、四人でバールを片側にこじ入れ、マンホールのふたを持ち上げる要領で分厚い大理石の板を押し上げようとする。最初はどうやっても動きそうになかった——だが、石と石がこすれる耳障りな音とともに、ふたが不意に持ち上がった。悪魔がくさい息を吐いたかのような、硫黄臭のある空気が地下から漏れる。

三人組の一人が額の前で十字を切った。悪霊よけのおまじないか何かなのだろう。

ほかの二人は男の迷信深い行動をからかったが、心から笑っているような感じではない。

四人はさらに力を合わせてふたを押し、墓の入口からふたを取り除いた。チョルバが近づき、懐中電灯の光を入口の中へと向けた。ハンガリー語で喜びの声をあげる。ほかの男たちの間からも歓声が起こる。

墓の入口から延びる石段が、地下の暗闇に通じていた。

目当ての墓を発見したようだ。

てきぱきと指示が与えられる。

タッカーは近くにある別の墓の端に座らされた。銃を持った二人の男が見張りに立つ。懐中電灯を手にしたドモンコシュとチョルバが、確認のために石段を下りていった。二人の姿は見えなくなったが、懐中電灯の光だけが開いた墓の入口から薄気味悪く漏れてくる。

タッカーは全面的に協力するふりを装い、両腕を後ろに組んで座った。一人で祈りの言葉をつぶやくかのように、スロートマイクに向かってサブヴォーカライジングで語りかける。「ケイン。隠れたまま、銃を持ってこい」

タッカーは後ろに組んだ手のひらを開いて待った。

深呼吸をしながら気持ちを落ち着かせる。いつの間にか目が閉じていく。

〈頼む、ケイン……〉

一人の男が悲鳴をあげた。体を反転させ、森の方へと拳銃を向けている。森の中から低いうなり声が聞こえた。影が左手へと移動し、小枝の折れる音がする。暗闇の中でいくつもの別のうなり声が響く。音はあらゆる方角から聞こえてくる。複数の影が移動する。二人の男は目を大きく見開き、早口のハンガリー語で何かをつぶやいている。

墓地に住み着いた野良犬の群れだ。

その時、タッカーは後ろに組んだ手のひらの指先に、冷たく湿ったものが触れるのを感じた。タッカーは驚いて体を震わせた。その瞬間まで何も聞こえなかったからだ。手を伸ばすと毛がある。続いて、手のひらに重い物体が置かれた。

拳銃だ。

「よくやった」タッカーは小声でささやいた。「そのまま待て」

どうやらケインには新しい仲間ができたらしい。

タッカーは拳銃をそっと背後の墓の上に乗せた。見張りの注意が散漫になっている隙を利用して、音声の不具合を調べるために前を向いたまま背後のケインへと手を伸ばす。これ以上、相棒からの音声が途切れたままの状態になっているのはまずい。

特にこれからは。

いつにも増して、このつながりが必要な時だ。

タッカーはカメラのスイッチを切ってから再び入れ、再起動させた。これで問題が解決することを祈る。

その直後、左耳に静電気の雑音が聞こえた。音声が無事に戻ったのだ。

「すべてオーケーだ、ケイン。戻って仲間たちと隠れていろ」

タッカーの耳に聞こえたのは、遠ざかるケインの爪が大理石を引っかくかすかな足音だけだった。一分もしないうちに、森は再び静寂に包まれ、野良犬の群れも姿を消した。

二人の見張りは恐怖を振り払おうとするかのように無理やり笑い声をあげた。脅威が遠ざかったことを察知し、自分たちの存在に恐れをなして野良犬が逃げたとでも思っているのだろう。

ケインの静かな足音に耳を傾けながら、タッカーは拳銃をベルトの間に挟み、ジャケットの裾で隠した。

そのタイミングは絶妙だった。

墓の地下から大声が聞こえ、光が次第に明るくなる。ドモンコシュがあばたのある顔をのぞかせ、大声で新たな指示を与えた。満面の笑みを浮かべている。頭に思い浮かべている黄金の輝きが瞳から漏れているかのようだ。

連中は本当に盗まれた財宝を発見したのだろうか？

タッカーは立つように命令され、ドモンコシュの後から石段を下った。地下から財宝を運び出すのに、一人でも多くの人手が必要なのだろう。タッカーの後ろを残る二人の男がついてくる。

狭い階段を下りるうちに、煉瓦でできた壁面から石を掘り抜いて作ったトンネルへと変化していく。百を超えたところで、タッカーは段数を数えるのをやめた。地下深くへと進むにつれて、頭上の石の重みと地下の財宝の夢との狭間《はざま》で会話が少なくなる。間もなく、タッカーの耳には周囲の男たちの息遣い、壁面にこだまする足音、はるか下で水の滴る音しか聞こえなくなった。

〈いいぞ〉

ようやく階段の終わりが見えてきた。チョルバが手にした懐中電灯の光に照らされている。地下の空洞の入口に達すると、ドモンコシュが先に中へ入り、自宅を訪れた来客を出迎えるかのように腕を振って洞窟内を指し示した。階段を下りる間は無言だったが、同僚に向かってうれしそうに説明を始める。

空洞内へと足を踏み入れたタッカーは、自然の造形美に圧倒された。天井から水が滴り、厚手のケープのような流華石《りゅうかせき》が壁面を覆い、天井からはとがった鍾乳石《しょうにゅうせき》が垂れ下がっている。この秘密の空洞へと通じるトンネルを掘るために、エアハルト・ボック上級大佐はどれほどのユダヤ人奴隷を酷使して死に追いやったのだろうか？　この秘密を守るために、どれほどの人間が口封じに殺されたのだろうか？　タッカーはチョルバの方を見た。民族の歴史に目をつぶり、祖先の血に染まった財宝を盗み出そうとするとは、なんと能天気な男なのだろうか？

チョルバは積み上げられた木箱の横に立っていた。それぞれの箱は縦・横・高さが三十センチほどで、側面に鉤《かぎ》十字の模様が焼きつけられている。いちばん上にあったと思われる箱が床に下ろされ、すでにふたがこじ開けられていた。床に散らばっている箱入りのバターほどの大きさの物体は金塊だ。二、三百個はある。

　チョルバが振り返った。目がらんらんと輝いている。

　教授が何やら伝えると、全員が歓声をあげた。

　チョルバはタッカーにも新情報を伝えた。

「エアハルト・ボックは嘘をついていた」その声はまるで怯えているかのように震えていた。「ここにある木箱の数は三十六ではない。八十箱以上ある！」

　タッカーは頭の中で計算した。二億ドル以上の価値に相当する。

〈何の関係もない墓地の管理人と、心優しい大学教授と、その娘を殺害して――俺もどうせ殺すつもりなんだろうが、そこまでしても罪の意識を感じない人間にとっては、けっこうな額だろうな。ほかにも殺される人間が出るかもしれない〉

　これ以上は聞きたくないし、見たくもない。

　タッカーは素早く拳銃を取り出し、構え、三度引き金を引いた。

　三発の銃弾が頭に命中する。

　三人の男が倒れる。最後に倒れたのはドモンコシュだった。何が起きたのかわからないという表情を浮かべながら、巨体が床に崩れ落ちた。

　四人全員を一人で地上まで連行することはできない。

それはあまりに危険すぎる。

だが、一人だけなら話は別だ。この件の首謀者だけなら。

チョルバは足をもつれさせて木箱に寄りかかりながら、ポケットからトランスミッターを取り出した。「一歩でも近づいてみろ、ボタンを押すぞ」

本当に押すかどうか確かめるために、タッカーは一歩、さらにもう一歩、チョルバに近づいた。ボタンに当てた教授の親指が小刻みに震えている。

その直後、顔をしかめたかと思うと、チョルバはようやくボタンを押した。「私は……警告したからな」

「爆発音が聞こえないなあ」タッカーは応じた。「あんたには聞こえた?」

チョルバは繰り返しボタンを押した。

タッカーは距離を詰め、役に立たないトランスミッターを奪い取ってスイッチを切り、ポケットにしまった。銃を振って階段の方を示す。

「いったいどうなっているんだ……」教授はつぶやきながらも指示に従った。

タッカーはいちいち説明しなかった。ケインから銃を受け取った直後に、ドモンコシュと同僚の二人を撃ち殺すこともできた。しかし、銃声がチョルバのもとに届けば、度を失った教授が今と同じようにトランスミッターのボタンを押すおそれがあった。

地下に入ってちゃんと確認するまでは、危険を冒すわけにはいかなかったのだ。

タッカーが階段を四分の一ほど下りた時点で、ケインとの無線の交信が切れた。イヤホンを通じて届いていたケインの息遣いが聞こえなくなったのだ。ということは、その四倍の深さにいるチョルバのトランスミッターの電波が地上に届くことなどありえない。ここまで来てそのことを確信してから、タッカーは行動を起こしたのだった。

ようやく二人は墓の出口へと到達した。

チョルバは森に逃げ込もうとした。

「ケイン、彼を止めろ」

木々の間から飛び出した影が教授の行く手に立ちはだかった。うなり声をあげ、暗闇で瞳が輝いている。ほかにもいくつもの影が現れた。四方から近づく影の発する低い鳴き声が、地平線の彼方でとどろく雷鳴のように夜の世界を満たしていく。

恐怖に怯えて後ずさりしたチョルバは、石につまずき、陥没した墓穴へと真っ逆さまに転落した。どさっという大きな音とともに、何かが折れる不気味な音がする。

タッカーは穴に駆け寄って中をのぞき込んだ。二メートルほど下に教授が倒れている。首が不自然な方向にねじれ、身動き一つしない。タッカーはかぶりを振った。どうやらこの墓地に眠る先祖の霊たちも、チョルバを逃がしてなるものかと思ったらしい。

周囲を見回すと、まるで何かの合図が聞こえたかのように、いくつもの黒い影が森の中へと帰っていく。後に残ったのは風に揺れる木の葉のささやきだけだ。

ケインがおずおずと近寄ってくる。間違ったことをしてしまったのではないかと恐れているのだ。

タッカーはひざまずき、相棒の顔に自分の顔を近づけた。「仲良しは誰だ?」

ケインも顔を近づけた。冷たい鼻先がタッカーの鼻に触れる。

「そうだ。おまえだよ」

* * *

三十分後、タッカーは片方のヘッドライトが壊れたセダンの運転席に座っていた。すでにエンジンがかかっている。アリザと父親を救出し、事の経緯を話し終えたところだ。警察当局への説明は二人に任せることにした。自分の名前を出さずにうまく説明するのは難しいかもしれないが。

アリザが開いた窓から車内をのぞき込んだ。

「ありがとう」お礼を言いながら、タッカーの頬に軽くキスをする。「本当にこのまま行ってしまうの? もう一晩くらい、ゆっくりしていけばいいのに」

タッカーはその言葉以上の誘いを感じ取っていた。しかし、ここにとどまっていたら厄介な事態になるのは目に見えている。今すぐにブダペストを離れなければならない二億ドル分の理由がある。

「何かお礼をしないと」アリザは食い下がった。

タッカーはチョルバが穴へと落下し、首の骨が折れる場面を思い浮かべた。

「あの金塊のためにあまりにも多くの血が流れてしまった。でも、もし余分なお金ができたなら、この森の中にいるちょっとした知り合いの犬たちが腹を空かせているから、彼らに食べ物と、夜の温かい寝床と、愛情を注いでくれる家族を見つけてやってくれ」

「それなら任せておいて」アリザは約束した。「でも、それって私たちみんなが必要としているものじゃないの？」

タッカーは煉瓦のアーチの先に延びる道を眺めた。

〈いつかはそうかもしれない。でも、今日ではない〉

「さようなら、アリザ」

タッカーはエンジンの回転数を上げた。

隣に座るケインは窓から身を乗り出して、激しくしっぽを振っている。タッカーがアクセルを踏み込むと同時に、ケインは遠吠えをした。仲間の犬たちに向けた甲高い鳴き声だ。

セダンが急発進し、アーチの下をくぐり抜ける。

背後の森の中から遠吠えや鳴き声の大合唱が起こった。夜の森にこだまする声が、タッカーとケインの新たな世界への旅立ちを祝福する。

車を走らせているうちに、吹き込んできた風が車内に置かれていたちらしを巻き上げた。財宝の使い道を探して、このセダンのかつての持ち主も新たな世界への旅立ちを夢見ていたようだ。

そのうちの一枚がフロントガラスに斜めに貼り付いた。

そこに記された地名が、はるか昔の時代を、謎と神話に満ちた土地を想起させる。

「ザンジバル」

タッカーは笑みを浮かべた。ケインもしっぽを振る。

そうだな、悪くない。

〈シグマフォース〉ガイド

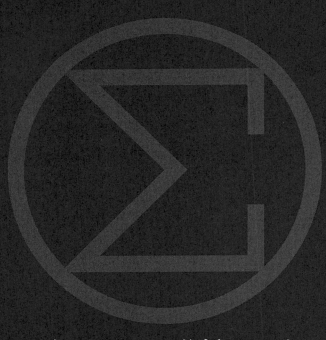

シグマフォース分析ファイル

特別分析官グレッグ・コックス＆ジェフ・エアーズ編

機密情報のため取扱注意

CONTENTS
目次

前書き

シグマフォースへようこそ。君は国防高等研究計画局（DARPA）傘下《さんか》の秘密組織シグマフォース（通称シグマ）の支援スタッフとして採用された。シグマの任務は、アメリカ合衆国の安全保障に影響を与えかねない最新の（あるいは過去の）危険な科学技術の調査および確保にある。これから紹介する機密情報は、シグマの過去・現在・未来の任務を十分に理解するうえで必要な背景知識を君に提供するためのものである。一部の極めて機密性の高い情報については、安全保障上および外交上の観点から公開できないため、非公開の扱いになっている。

そうした情報については、主席記録官兼歴史学者のジェームズ・ロリンズによる詳細な任務報告書を参照してもらいたい。

（なお、本ファイルの内容をギルドをはじめとするテロ組織のメンバーと疑われる人物に明かすことは、かたく禁じられている）

便宜上、重要な任務については以下のコードネームと略称を使用した。

・ウバールの悪魔（シグマ⓪）
・マギの聖骨（シグマ①）
・ナチの亡霊（シグマ②）
・コワルスキの恋（シグマⒶ）
・ユダの覚醒（シグマ③）
・ロマの血脈（シグマ④）
・ケルトの封印（シグマ⑤）
・セイチャンの首輪（シグマⒷ）
・ジェファーソンの密約（シグマ⑥）
・タッカーの相棒（シグマⒸ）
・ギルドの系譜（シグマ⑦）

各任務の概要については本ファイルの第四節を参照のこと。

1 シグマフォースとは？

数学の世界において、ギリシア文字のΣ（シグマ）は異なる数列の和、すなわち「総和」を表す。しかし、世間一般には知られていないが、Σはある特殊な組織を表す記号でもある。シグマフォースは国防総省の技術研究・開発部門に当たるＤＡＲＰＡ傘下の秘密軍事組織として活動している。その主な目的は調査と奪取にあり、危険を及ぼすおそれがある新技術や新発見の入手・保護・破壊のために正確無比な対処を行なう。科学技術のほんのわずかな優位が勝利と敗北の分かれ目になりうる現在の世界において、シグマはアメリカ合衆国の技術的優位を維持するための任務に就いている――たとえどのような犠牲を払うことになろうとも。

任務遂行のために、シグマは元特殊部隊の隊員たちを採用する。秘密裏に選抜された隊員たちは、その多くが天才レベルのＩＱを有しており、厳しい博士課程の訓練を経て、肉体と頭脳の両面で秀でた人間として実戦の場で機能するための技術的なノウハウを身に着ける。時にシグマの隊員たちは「銃を手にした科学者」と形容されることもある。

シグマの構想を最初に抱いたのは、冷戦時代に創設された科学関係のシンクタンク「ジェイソンズ」であった。ノーベル賞受賞者を含む多くの分野の代表的な科学者たちが定期的に会合を開き、科学的な問題に関して米軍にアドバイスを与え、最新の技術革新に関してブレインストーミングを行なっていた。そんなとある会合の席で、著名な神経学者のアーチボルド・ポークが、DARPAの実戦部隊として機能する、軍事訓練を受けた調査員のチームを創設してはどうかと提案した（なお、余談になるが、ポークの娘のエリザベスは、シグマの隊員**ジョー・コワルスキ**と交際中である）。ポークの発案を具体化させたのがシグマフォースの創設者**ショーン・マクナイト**で、彼は自ら最初期の隊員たちをスカウトし、その中の一人には後にショーンの後任としてシグマの司令官となる**ペインター・クロウ**がいる。ペインターは現在も司令官の任にある。

シグマの司令部は当初、ヴァージニア州アーリントンのペンタゴンから数キロの距離に置かれていたが、**ギルド**のスパイに潜入された後、ペインターは司令部をより安全で立地条件のよい場所へと移した。ワシントンDCのナショナルモールにあるスミソニアン・キャッスルの地下である。一八四七年に建てられたゴシック復興様式の荘厳な建造物は、スミソニアンの建物群の中で最初に建設された施設で、赤い砂岩の塔、尖塔《せんとう》、胸壁《きょうへき》を備えており、一昔前に戻ったかのようなその外観は「キャッスル（城）」の名にふさわしい。建物の正式名称は「スミソニアン協会本部」で、現在はスミソニアンの管理局とビジターセンターが入っている。建物地下にある第二次世界大戦期の掩蔽壕《えんぺいごう》がシグマの司令部へと改装されていることは極秘扱いであるため、キャッスルを訪れる多くの観光客の中でその事実を知る者はいない。

この場所が選ばれたのは、権力の中枢である合衆国議会と、スミソニアンの多くの博物館や研究施設からほど近い距離に位置するためである。幅広い分野にまたがるスミソニアンの様々な施設を別の場所に再構築する案は、資金の問題と無駄を省くという観点から却下された。そのため、シグマの隊員の多くはスミソニアン内の各研究所に勤務しており、そのことが隊員たちの情報源および隠れ蓑《みの》として役立っている。

シグマの地下司令部内には、オフィス、実験室、通信室、十分な機能を備えた医療施設、遺体安置所、病理学研究室、独房のほか、ジムやロッカールームまでもが備わっている。司令官のオフィスには三台の壁掛け式のプラズマスクリーンがあり、世界に開いた窓の役割を果たしている。司令部が炎上した事件（**シグマ④**）後の修復の際に新設された会議室は、円形のテーブルの各座席の前にコンピューターが設置されており、テーブルは最大で十二人まで使用できる。会議室の設計はペインターが自ら担当し、テーブルの周囲を歩きながら出席者の様子を観察できるように余裕を持たせた造りになっている。

衛星による監視業務を担当する通信室は、シグマの司令部の中枢とも言うべき場所である。この部屋は円形に配置されたモニターとコンピューターの画面が光を発しているだけで、原子力潜水艦の指令室と同じように、照明の光量を落として一定の暗さが保たれている。アメリカ国内および国外の各情報機関から送られてくる無数の情報が、この通信室を経由して収集・発信される。

「プロトコル・アルファ」は、司令部が敵の襲撃を受けた際にシグマの秘密を守るための機密保持システムで、過去に少なくとも一度だけ発令されたことがある（シグマ④）。気体の燃焼促進剤が換気システムに注入され、十五分で危険な濃度に達する。その後、施設内の各所で自動システムによりスパークが発生し、司令部の全フロアが炎の海に包まれる。数秒間の火災旋風でコンクリート製の施設のありとあらゆる表面が焼き尽くされた後、スプリンクラーが作動して消火に当たる。二度とこのプロトコルが発令されるような事態にならなければよいが、シグマは万が一の事態にも常に備えている。

Σ

シグマは**DARPA**（国防高等研究計画局）の傘下にある。DARPAは国防総省の研究・開発部門で、ソヴィエト連邦による人工衛星スプートニク打ち上げに対抗して、一九五八年に設立された。ロボット工学や航空宇宙学、細菌戦への防衛策から、最新の人工知能や情報工学に至るまで、幅広い分野における最先端の研究に資金を提供している。DARPAの目標は、戦略上の驚きを創造し、回避すること——よりわかりやすく言えば、「発見者であれ」

DARPAの所在地はヴァージニア州アーリントンで、ここはワシントンDCに移転する前のシグマが司令部を置いていた場所でもある。時勢の変化に対応するため、ＤＡＲＰＡは頻繁に組織の再編成を行なっている。現在、ＤＡＲＰＡは「適応実行研究室」「生物工学研究室」「防衛科学研究室」「情報イノベーション研究室」「マイクロシステム技術研究室」「戦略研究室」「戦術研究室」という七つの「公式な」部門から成る。各部門はそれぞれが担当する様々な研究分野を統括する役割を担っている。

進行中の主なプロジェクトとしては、対潜水艦戦用の無人船舶、狙撃者の位置を特定するための音響銃弾検知システム、高エネルギーレーザー防衛システム、バッテリー式のパワードスーツ、ライフル用の高機能赤外線スコープ、バーチャルリアリティ式のコンタクトレンズ、まったく新しい消火システム、被曝《ひばく》の新たな治療技術、サイバー攻撃に対する新たな防衛策、革新的な高圧物質、時速約三十キロで走行可能な歩行型ロボット（ニックネームは「チーター」）、シグマの隊員**モンク・コッカリス**が装着しているものと似た思考制御型の義肢《ぎし》などがある。また、ロボットカーレースで賞金を競う「ＤＡＲＰＡグランドチャレンジ」など、先端的な技術革新や創造力を育むための様々な競技会も主催している。

こうした野心的な取り組みに加えて、ＤＡＲＰＡは将来的な脅威および可能性の予測にも努めている。革新的な新発見においてアメリカが決して遅れを取らないようにするため――および敵が遅れを取るようにするためである。ＤＡＲＰＡによる現在進行中のプロジェクトに関してより詳しい情報は、公式ウェブサイト（www.darpa.mil）を参照してもらいたい。

このウェブサイトにはシグマフォースに関する記述はない。シグマフォースはＤＡＲＰＡ内部の人間に対しても機密扱いとされており、その存在を知るのは、大統領、統合参謀本部議長、ＤＡＲＰＡの現長官**グレゴリー・メトカーフ**大将など、政府高官のごく一部の人間に限られている。

Σ

ギルドは闇の世界版のシグマとも言うべき存在で、シグマの宿敵である。シグマはこれまでの任務において、ドラゴンコート（**シグマ①**）、ネオナチ（**シグマ②**）、かつてのＫＧＢ工作員（**シグマ④**）など、様々な犯罪組織やテロ組織と戦ってきたが、ギルドはシグマにとって最も古くからの、同時に最も謎に満ちた敵と言えるだろう。**ペインター・クロウ**はギルドの真の起源と活動目的の究明を最優先事項としている。

ギルドがもたらす脅威の全貌《ぜんぼう》はなかなかつかむことができず、組織の正式名称も含めて、多くのことが不明のままである。「ギルド」の呼び名も謎の多いこの組織に言及する際の便宜上の名前として使用されているにすぎず、その正式名称は影の指導者にしか知られていない（そもそも、正式名称などが存在するかどうかも定かではない）。シグマの知る限りでは、その呼び名はかつてこの組織と戦った、今は亡きイギリスのＳＡＳ（特殊空挺部隊）の隊員が初めて使用したとされる。その後、組織に所属する工作員たちが（おそらく面白半分に）自らギルドの名前を使用するようになったと思われる。工作員たちに対しても、組織の指導者に関しては意図的に情報が制限されている。ギルドの構造はテロリストの下部組織と似ている。各チーム間に流される情報は必要とされる工作員だけに限定されており、独自の権限を持つそれぞれの下部組織は、「エシェロン」と呼ばれる上層部に対してだけ従う義務がある。エシェロンの正体は厳重な秘密のもとにあり、指示を受ける工作員たちにも知らされていない。世界規模で暗躍するギルドは、各国の政府、情報機関、シンクタンク、大学、研究施設などにスパイを送り込んでおり、貴重な新発見を奪取する機会を常にうかがっている。

目的遂行のために、ギルドは特殊部隊に所属していた兵士の中の精鋭たちを傭兵《ようへい》として採用している。特殊部隊を除隊になったこうした兵士たちの多くは、様々な傭兵集団や民兵組織の一員として世界各地に散らばり、任務を重ねるうちに非情かつ無慈悲になっていく。シグマフォースと同じように、ギルドは頭脳と才覚を基準にして兵士を採用する。だが、シグマフォースにはない重要な採用基準が存在する——ギルドは人を殺したり拷問したりすることに良心の呵責《かしゃく》を覚えない兵士を求めている。

Σ

ギルドという組織に関するシグマの知識は年を追うごとに深まっている。当初は噂に聞く程度であった。ペインターが彼らと初めて遭遇したのは、失われた都市ウバールを探し求めている時であったが、その当時のペインターはギルドに対して、旧ソヴィエト連邦の灰の中から誕生した国際的な犯罪ネットワークの一つにすぎず、ロシアンマフィアとKGBの元諜報員たちが手を組んでいるのだろうという程度の認識しか持っていなかった。無慈悲で、資金が潤沢《じゅんたく》で、イデオロギーよりも利潤の追求に重きを置いているということ以外は、ほとんど情報がなかったのである。シグマと競いながら、ギルドは軍事、生物学、化学、核などの新技術を追い求めては奪い取り、最も高額の報酬を示した相手に売りつけた。取引相手には、中東のアルカイダやヒズボラ、日本のオウム真理教、ペルーのセンデロ・ルミノソなどの名前があったと言われる。ペインターはギルドがDARPAにスパイを送り込んでいたことを――さらにはシグマの内部にもスパイが潜んでいたことを知り、衝撃を受けた（**シグマ⓪**）。

シグマの司令官に就任後、ペインターは敵の再びの潜入を阻止するため、最初の数カ月間を費やして全面的な組織の再編とセキュリティの見直しに努めた。どのような情報がギルドの手によって漏洩《ろうえい》し、売却され、拡散したかを知る術がなかったため、ペインターはすべてを廃棄してゼロから再構築する必要に迫られた。シグマにもはや危険はないと確信できるまで、ペインターは隊員たちを任務に派遣しなかった。しかし、任務を再開した直後、シグマは再びギルドと相まみえることになる。

神聖な遺物の盗難を調査していたシグマは、ギルドの女暗殺者**セイチャン**と遭遇する。彼女は自らの目的のために複数の組織を秤《はかり》にかけるような人物であった。その時、当該の案件にギルドが関与したのは、単なる報酬目当てにすぎないと考えられていた。事実、シグマは古くからの敵に対抗しようとした**非公開**がギルドを雇ったと知ることになる。ギルドは非情な人間の集まりとされる一方で、仕事の手際がよく、一度交わした契約は守り、どのような手段を用いてでも必ず任務をやり遂げるとの評価も得ていた。ギルドが仕事をする動機は金と権力だけだと考えられていたのである（**シグマ①**）。

その約一年後、ギルドは「ダーウィンの聖書」にまつわる件に関わらないことを選択した。彼らがなぜこれを過去の案件よりもリスクが高いと判断したのかについては不明であるし、本当にそのような理由で関与しなかったのかも定かではない（**シグマ②**）。

それから間もなく、ある謎の組織が遺伝子の変異した危険なラブドウイルスの研究に資金を提供し、その実験がブラジル国内の辺鄙《へんぴ》な先住民の村で行なわれた。その組織がギルドではないかとの疑いが持たれているものの、彼らはこの件に関してあまり目立った動きを見せていない（**シグマⒶ**）。

対照的に、ある古代のウイルスとその治療法の探求に際して、ギルドはそれまでになく積極的に関与した。「ユダの菌株《きんかぶ》」の件では、シグマとギルドが真っ向から対決することになり、双方に犠牲者が出た。戦いの舞台は東南アジアが中心であったが、ギルドはこの周辺において中国および北朝鮮と太いパイプがあるらしいと判明している（シグマ③）。

十四カ月後、シグマとギルドははるか昔に失われた生物兵器を巡って再び対峙《たいじ》する。この頃までには、ギルドが今では忘れられた知識や科学、とりわけ古代エジプトを起源とするものに執着していることが明らかになっている。この任務の際には、非公開がギルドを牛耳る正体不明の上層部「エシェロン」の一人だと判明した。ペインターはエシェロンの後頭部に謎めいた刺青《いれずみ》があることも発見したが、非公開のシンボルに似ている刺青の意味については、この時点では不明であった（シグマ⑤）。

この頃になると、ペインターの頭の中では、ギルドというのは盗んだ技術の売却で利益を得ているただの国際テロ組織ではないのではなかろうか、との疑問が形成されるようになった。ギルドの起源がアメリカの建国にまで――あるいはそれ以前にまでさかのぼるという証拠が非公開の手でもたらされたことにより、ペインターの懸念はさらに深まっていく。長年にわたって埋もれていたあるナノテクノロジーの捜索において再びギルドが現れたことにより、彼らの起源に関する何にも増して不気味な証拠が浮上する（シグマ⑥）。ここに至ってペインターは、ギルドが当初考えていたようなソヴィエト連邦崩壊の産物なのではなく、数百年――あるいは数千年にわたって富と権力と影響力を蓄積してきた高貴な一族たちの小集団によって支配されているのではないか、そう信じるに足る理由を入手していた。しかも、その中のある一族、おそらく「真の血筋」の最後の生き残りが、アメリカの歴史と政治に深く根を張っており、彼らを排除することは現実的に不可能な事態にまで陥っていることを知るのである。

ギルドの本質と究極の目的については今なお謎が多く、この宿敵に関するシグマの説もまだ確証が取れていない。ただし、一つだけ断言できることがある。

最後の戦いが近づいている。

2　隊員プロフィール

以下のプロフィールには主要な隊員に関する周辺情報および経歴が含まれている。彼らは危険と困難を伴う任務に就いているため、このデータに大幅な（場合によっては最後の）変更を加えなければならないような事態がいつ起こったとしてもおかしくない。

ペインター・クロウ　PAINTER CROWE

階級：シグマフォース司令官
過去の所属：ネイビーシールズ
専門：マイクロサーベイランス、コンピューター工学

・身体的特徴

黒い髪と淡い青の瞳で、肩幅が広い。花崗《かこう》岩を思わせるその顔つきは、ペインターがアメリカ先住民の血を半分引いている証《あかし》である。肌を焼いて茶色のコンタクトレンズを入れれば、純粋なアメリカ先住民だと言っても通用するが、地下にあるシグマの司令部で長時間勤務しているため、最近は太陽の光を浴びる機会も少ない。片方の耳の脇にある鳥の羽のようなひと房の白髪は、瀕死の状態から奇跡的な生還を果たした際の名残である（シグマ②）。年齢は四十代で、ほとんどの隊員よりも約十歳年上。

・経歴

父親のジョロンは先住民のピクォート族で、コネティカット州マシャンタケット特別保留地で育った。その後、成功を夢見て保留地を離れ、ニューヨーク市に赴き、そこで気性の激しい

イタリア系の女性イサベラと出会って結婚する。しかし、イサベラが鬱《うつ》病を患い、結婚生活もうまくいかなくなると、ジョロンは飲酒にふけり始めた。それでも、ジョロンは幼い息子を連れて部族の土地へと狩りに出かけることもあり、その時に学んだ罠《わな》を仕掛けたり獲物をおびき寄せたりする方法は、ペインターの後の人生において大いに役立つことになる。ジョロンは部族の伝統を少しでも伝えようと考えたのか、幼いペインターにピクォート族の祈りの言葉を教えた。ペインターはそれを覚え、両親が喧嘩をしている時に一人で唱えたほか、今でも精神を集中したり気持ちを落ち着かせたりする際に口にする。ただし、その意味を知らないし、知りたいとも考えていない。ペインターが七歳の時、イサベラがジョロンを刺殺したため、不幸せな結婚生活は突然の終わりを迎える。母親が死刑囚となったペインターは、里親のもとを転々としながら、口数を少なくして目立たずにいるのがいちばんだということを学んだ。その後も父親の部族や大勢の親戚たちとのつながりを保ってはいるものの、今では自分のことをアメリカ先住民としてではなく、単にアメリカ人として意識するようになっている。

ネイビーシールズの一員として実績を積んだペインターであったが、イラクでの任務で脚を骨折した。療養中に**ショーン・マクナイト**からシグマにスカウトされた後、マクナイトから肉体だけではなく心の鍛錬の重要性を教わり、ネイビーシールズの訓練ですら楽に思えるほど過酷な博士課程の集中特訓を受ける。ペインターはシグマの第一期採用隊員の一人である。専門分野を生かして様々なハイテク機器を開発し、相手に気づかれることなく追跡可能な皮下トランシーバー、米粒ほどの大きさの小型電子盗聴器、一時間分のデジタルビデオが撮影可能なパラボラマイク付き暗視ゴーグルなどは、シグマの隊員によって実際に使用されている。

ペインターは数年間にわたって実戦での任務に就いた後、恩人であるマクナイトがDARPAの長官へと昇進したのに合わせて、その後任としてシグマフォースの司令官に就任した（**シグマ⓪**）。数多くの危機に直面しながらシグマを順調に率いてきた一方で、自ら現場に赴く機会が減ったことに対して不満を抱いている。また、地下にある自分のオフィスに窓が欲しいとこぼしている。マクナイトの悲劇的な死の後、ペインターは大統領から直々にDARPAの長官への就任を打診されたが、舵《かじ》取りの難しい時期には創設時から組織を知る人間が必要だとの理由から、シグマの司令官にとどまることを選択した（**シグマ④**）。

ペインターは偏頭痛と胸やけに悩まされることがある。

現在、ペインターが最優先事項としているのは、ギルドの真の起源と活動目的の究明である。何があろうともそれをやり抜く覚悟を決めている。

・人間関係

ペインターはドクター・**リサ・カミングズ**と恋人関係にあるが、そのきっかけは数年前の危険な任務にあった（**シグマ②**）。最近では十代後半の「姪」カイ・クォチーツを危険な状況から奪還し、その後も何かと気にかけている（**シグマ⑥**）（正確にはカイの父方の異母おじか異父おじに当たるのだが、面倒なのでカイは「クロウおじさん」と呼んでいる）。現在、カイはブリガム・ヤング大学に在籍中である。

ペインターの両親は二人とも死亡している。

グレイソン・ピアース　GRAYSON PIERCE

階級：隊長
過去の所属：陸軍レンジャー部隊
専門：生物学、物理学

・身体的特徴

短めに刈り込んだ黒い髪と灰色がかった青い瞳。頬骨の目立つ精悍《せいかん》な顔つきとがっしりした顎、割れた下顎というウェールズ系の特徴を持つが、テキサス州ブラウン郡の乾燥した丘陵地帯で強い太陽の日差しを浴びながら育ったために、赤みを帯びた顔色をしている。鍛え上げた体は三十代に入っても衰えを見せない。言葉にはかすかにテキサス訛《なま》りがある。

・経歴

グレイは矛盾が服を着て歩いているような存在だ。カトリック教徒として育てられ、今も強い信仰心を持っているが、仏教、ユダヤ教、道教など、ほかの宗教や哲学も広く研究している。生まれながらにリーダーとしての資質を持つが、権力に盾突く傾向があり、他人と協調することが必ずしも得意ではない。行動が必要とされる時には躊躇《ちゅうちょ》なく動く一方で、無鉄砲な一面もあり、体系的な方法論よりも自らの直感を信じる傾向にある。シグマフォースの隊員として、大胆さと無謀さとの間のバランスを保つことに苦労している。

父親のジャックはテキサス州の油田労働者であったが、作業中の事故で片脚の膝から下を失い、その後は常に怒りと不満を抱え、酒にも溺れるようになった。母親のハリエットは優秀な生物学者で、最初はテキサス州のイエズス会系の高校で、後にワシントンDCのジョージ・ワシントン大学で教鞭を執った。祖父はグレイが陸軍の新兵訓練中に死去した。グレイは道教に強くひかれているものの、今も祖父からもらったロザリオを身に着けている。

十六歳の時、グレイは父親の機嫌を取るため夏休みにテキサス州の油田でアルバイトとして働いた。しかし、父親の癇癪《かんしゃく》と飲酒癖に耐えられなくなり、十八歳で家を飛び出して陸軍に入隊、二十一歳の時にレンジャー部隊所属となる。その後、上官を殴打したため軍法会議にかけられ、レヴンワースに一年間服役する。ただし、この暴力行為にはもっともな理由があったとされる。服役中、グレイは高等化学と道教を独習した。この独特な感性と性格に興味を抱いた**ペインター・クロウ**が、グレイをシグマフォースにスカウトした。

シグマフォース入隊後、自ら計画したカリキュラムに基づいて生物学と物理学の二つの博士号を目指しながら、グレイはネパールの僧院に四カ月間滞在した。陰と陽に基づく道教の教えに強くひかれたグレイは、今もなお調和とバランスを探し求めているが、その答えは出ていない。

・人間関係

グレイはアルツハイマーを患う父親との和解を試みている。母親は死去してまだ間もない。弟のケニーはソフトウエア・エンジニアで、カリフォルニア州のシリコンヴァレーでコンピューター関係の新しい会社に勤務している。兄弟の仲は良好ではなく、ケニーは非公開の原因がグレイにあると考えている。

グレイはローマに在住するイタリア国防省警察の**レイチェル・ヴェローナ**中尉と何度か恋愛関係になったことがあるものの、遠距離恋愛に付き物の溝を埋めることができず、今では疎遠になっている。謎の女暗殺者**セイチャン**との関係はさらに複雑である。初めて出会った時にセイチャンが残した銀の竜のペンダントを、グレイは今でも持っている。また、グレイはシグマにおけるセイチャンとの主な連絡係でもある。互いに好意と疑念を抱く関係が数年間続いた後、非公開という衝撃的な事件を経て、二人は感情の赴くままに行動した。この関係が今後も続くのか、あるいは本当に信頼し合える関係になることができるのか、現時点でははっきりしない。

グレイの親友は、同時期にシグマにスカウトされた同僚の**モンク・コッカリス**である。気さくな人柄で規則に従って行動するモンクは、鋼《はがね》のように頑《かたく》なな性格で、ともすればまわりのことが目に入らなくなるグレイの抑え役でもあり、そんなグレイの心をほぐすことのできる唯一の存在でもある。二人が組めば素晴らしいチームになることは証明されている。

モンク・コッカリス　*MONK KOKKALIS*

階級：二等軍曹（衛生兵）
過去の所属：グリーンベレー
専門：法医学、バイオテクノロジー

・身体的特徴

スキンヘッドに茶色の瞳。身長は一メートル六十センチほどだが、がっしりとしたボクサーのような体型をしている。スキンヘッドながら濃い眉をしているため、かなり目立つ存在。彫りの深い顔立ちは、しばしばピットブルと比較される。このような強面《こわもて》の外見は決して魅力的とは言えず、笑みを浮かべるとかえって不気味に映るが、相手を脅す必要がある場合には役に立つ。友人でしばしばパートナーを組む**グレイソン・ピアース**と同じく、年齢は三十代。

モンクの最も顕著な身体的特徴は左手の義手であろう。非公開で左手を失った後、モンクは最先端の義手を装着することになった。ＤＡＲＰＡの科学技術の粋を集めたこの義手には、手首部分のチタン製のコンタクトポイントを通じて、末梢神経を制御できる機能が組み込まれている。高度な機器と作動装置によって、正確な動きを与えたり自然な知覚を得たりすることも可能だ。一方、モンク自身の手首の側に手術によって装着された合成樹脂のカバーは、神経束と筋腱に接続されている。さらに、無線機能も備えた義手は離れた場所から操作することも可能で、パーティーの出し物や迷信深い未開部族を驚かせる際にも使用できる。義手の皮膚部分のプラスチックに混合された爆薬は、閃光《せんこう》発音筒と同程度の威力があり、機器を用いても検知不可能である。手のひらに偽の掌紋《しょうもん》をレーザーで焼きつけ、掌紋を利用した認証システムや警備システムを破ることもできる。あらゆる種類のハイテク機能が盛り込まれた義手は、モンクの手であると同時に大きな武器にもなっている。

・経歴

モンクの肩、太腿、胸の三カ所には、グリーンベレー時代に受けた銃弾の跡がある。アフガニスタンでの奇襲作戦が失敗に終わった時に受けた傷で、その作戦で生き残ったのはモンク一人であった。アメリカに帰国して療養中に、天才レベルのＩＱが目に留まってシグマにスカウトされ、法医学の博士課程を叩き込まれたほか、二つ目の専門科目としてバイオテクノロジーを学んだ。グレイと出会ったのはこの頃のことである。

　モンクの負傷歴はアフガニスタンだけにとどまらない。時にはチームの負傷を一人で背負っているのではないかと思うこともある。左手を失った以外にも、モンクはインドネシアでの任務中に死亡したと見なされたことがある（**シグマ③**）。この時は**非公開**によってとらえられ、新しい脳外科手術の実験台にされていたことが後に判明する。この手術により、モンクは記憶喪失となった（**シグマ④**）。その後は娘の名前を思い出したのを皮切りとして、大部分の記憶を取り戻したものの、今も記憶の欠落部分に悩まされている。そのほか、何度か撃たれたこともある（**シグマ④**、**シグマ⑥**）。

こうしたトラウマが残るような負傷にもかかわらず、モンクは気さくで明るい性格をしている。好きな映画は『サウンド・オブ・ミュージック』である。深く考えるよりは行動を起こすタイプで、銃を持っていないのは服を着ていないのと同じだと考える。また、常に大局的な見地に立っているため、「木を見て森を見ず」のような状態に陥ることはない。大地にしっかりと両足が着いている状態を好み、海軍や空軍ではなく陸軍に入隊したのはそれが理由だとしばしば同僚に説明している。

囚われの身から脱出した後に一年間の療養生活を経て、モンクはすぐに実戦の任務への復帰を希望した（**シグマ⑤**）。その後、二人目の娘の誕生を機に自分にとって何が本当に大切なのかを考えるようになり、家族を優先するために辞表を提出した（**シグマ⑥**）。モンクが辞職を考え直すか、あるいは**ペインター・クロウ**が辞表を受理するか、現時点では不明である。

・人間関係

モンクはシグマの同僚**キャスリン・ブライアント**と結婚している。二人はある任務に参加したことをきっかけとして交際を始め（**シグマ①**）、キャットが長女のペネロペ・アンを妊娠して間もなく結婚した（**シグマ②**）。つい最近、次女のハリエットが生まれたばかりである（**シグマ⑥**）。

キャスリン・ブライアント　KATHRYN BRYANT

階級：大尉
過去の所属：海軍情報部
専門：情報収集

・身体的特徴

鳶《とび》色の髪に緑色の瞳で、背が高く運動選手のような体型。キャットはメスライオンのような優美さを持つ女性だが、地味な制服を着用することが多い。常にプロ意識が高く、身なりにも注意を払っている。言葉にはかすかな南部訛りがあるが、必要に応じて訛りを使い分けることができる。年齢は三十代。

・経歴

キャットは襟の折り返しに金をエメラルドでコーティングした小さなカエルのピンを付けていることが多い。ピンは海軍情報部時代にカブールでの偵察任務で作戦を共にした水陸両用部隊から贈られたものである。この時、隊員の二人が捕虜になり、首を切断して処刑すると脅されていた。キャットは二人の人質の救出に成功したが、作戦中に別の隊員の一人が敵の見張りに撃たれて命を落とした。死亡したその仲間をしのんで、キャットはカエルのピンを身に着けている。

しかし、過去の任務のすべてがキャットの心の傷になっているわけではない。カブールでの悲劇の数年前、キャットは盗まれた美術品の売買に携わっていたナチの戦犯に対する証拠の収集に際して、モンシニョール・**ヴィゴー・ヴェローナ**と共同で作業に当たった。この時の関係が、シグマフォースにとって後に大きな意味を持つことになる（**シグマ①**）。

マイクロサーベイランスと防諜《ぼうちょう》活動に関する高度な知識を買われてシグマにスカウトされた後、キャットは工学の課程も修了した。情報部出身という経歴と、かつて極秘の作戦に関わっていたらしいという噂のせいで、当初は仲間の隊員から敬遠されていたが、どんなに小さな問題でも注意を緩めないその集中力でほかの隊員たちが見落としていた重要な情報を指摘するなど、実戦において大いに実力を発揮することになった。ロシア語にも堪能で、ナイフや短剣の扱いにも優れているほか、鍵をこじ開けることも得意とする。

キャットは**非公開**での銃撃戦において三発の銃弾を浴びたが、命に別状はなかった（**シグマ②**）。

非公開が殺害された後、キャットは**ペインター・クロウ**を補佐する副官としての役割をこなし、任務の調整、移動手段の確保、許可証の入手、表向きの発表内容の準備など、現場に派遣された隊員たちにとって重要な後方支援を担当している。情報部時代に培った経験を生かして、世界のどんな場所であっても外国の協力を取りつけたり、複数の衛星を利用した調査を実施したりすることなどに能力を発揮する。現場に赴くなどの理由でペインターが不在の場合は、キャットがシグマの司令部を預かり、進行中のすべての任務を統括する。

ワシントンの政界という虚々実々の駆け引きが物を言う世界においても、キャットはペインターの目となり耳となり、広範囲に張り巡らしたコネのネットワークを駆使して情報を収集している。獲物をとらえるのが巧みなクモと同じく、一本一本の糸の振動をキャッチし、無関係な動きを排除し、成果を得ることのできる類まれな能力を持っている。どんなに些細《ささい》な点でも見逃さないキャットの能力は、実戦よりもこうした任務での方が有用であるが、本人はたまには外の空気を吸ってみたいと思っている。

・人間関係

キャットはシグマの同僚**モンク・コッカリス**と結婚しており、ペネロペ・アンとハリエットという二人の娘がいる。これまで大きな負傷を経験してきたモンクが実戦の任務に就くたびに心配を募らせ、危険度の少ない仕事をしてほしいと思っているものの、机に座っての仕事では夫が満足できないであろうことも理解している。

リサ・カミングズ　*LISA CUMMINGS*

職業：医師
専門：人間生理学、海洋科学

・身体的特徴

金髪で青い瞳、細身で脚が長い。出身はカリフォルニア州南部で、研究所だけでなく海辺や船上も似合う女性。三十代になり、ビキニを着て自由気ままに過ごしていた若い頃の自分を懐かしむこともある。

・経歴

シグマの審査を受けてスカウトされ、訓練を受けたほかの多くの隊員たちとは異なり、リサはある事件をきっかけとして偶然にシグマと関わるようになった。五年間にわたって調査船に乗り込み、高い気圧が潜水夫たちに及ぼす生理学的影響を研究した後（詳細はシグマの主席記録官兼歴史学者のジェームズ・ロリンズによるシグマフォース関連以外の著作 *Deep Fathom* を参照のこと）、リサは米国国立科学財団から助成金を受け、低い気圧が登山家たちに及ぼす生理学的影響の研究に取り組み始める。エヴェレストへの無酸素登頂中、ネパール奥地の僧院で発生した奇病を調査するように依頼され、そこでペインター・クロウと出会った。その結果、生き残ったナチの科学者、遺伝子の突然変異、非公開などを巡る危険な冒険に巻き込まれることになるのである。

その恐ろしい出来事（シグマ②）から無事に生還した後、リサはシグマと行動を共にするようになり、医学の専門知識を生かして世界各地での医学関係の危機や謎の調査、対応などに当たっている。生理学の知識に基づき、人の体の反応から嘘発見器も顔負けの正確さでその意味を読み取ることができる。同時に、嘘発見器とは異なり、自分の狙い通りの反応を相手から引き出す術も心得ている。言うまでもなく、この能力はシグマのために秘密の調査を行なう際に役立つ。

若い頃は一カ所にとどまることなく気ままに暮らしていたリサだが、ようやくシグマフォースという名の落ち着き場所と天職を発見したようである。

・人間関係

これまでリサは相手と深い関係になるのを意識的に避け、職業意識という名の鎧《よろい》に身を包み、行きずりの恋で発散させることによって、自分の心を閉ざしてきた。宇宙飛行士から冒険家へと転身したジャック・カークランドと束の間の恋に落ちたこともあったが（*Deep Fathom*を参照のこと）、恋愛感情はすぐに友情へと変わった。ただし、ペインター・クロウとは初めて冒険を共にして以来（シグマ②）、交際が続いている。これほどまで長く、これほどまで真剣な交際は、リサにとって初めてのことである。

弟のジョッシュはプロの登山家・ロッククライマーである。

ジョー・コワルスキ　*JOE KOWALSKI*

階級：上等水兵
過去の所属：海軍
専門：爆破

・身体的特徴

典型的な軍人といった外見。手足の太いサルのような見た目で、右の二の腕には錨《いかり》の刺青《いれずみ》がつぶれた鼻にはかつて折れた形跡がある。黒髪は無精ひげのように短く刈り込んでいる。身長は二メートル弱。胸には古傷がいくつもある。茶色の瞳からは、深い知性が宿っているようには見受けられない。ブロンクス訛りがある。

・経歴

ブラジルでのシグマの任務に偶然巻き込まれた際、コワルスキはその腕っぷしの強さを見せつける（**シグマⒶ**）。そのような経緯で、積極的にスカウトされたというより、「拾われた」形でシグマに加わることになった。それ以前は海軍の調査潜水艦「ポーラーセンティネル」に乗船し、北極での極めて危険な任務に携わっていた（詳しくはシグマの主席記録官兼歴史学者のジェームズ・ロリンズによるシグマフォース関連以外の著作 *Ice Hunt*（邦訳『アイス・ハント』〔扶桑社〕）を参照のこと。

天才的な頭脳を持っているわけではなく、シグマのほかの隊員たちに比べるとかなり頭の回転が鈍いと思われているが、その見た目よりは（いくらか）賢い可能性もある。物事を単純に考えることで、時に有用なアイデアや意見を提供する（「点と点をつないでいけばいいんじゃないか？」）。最初は用心棒的な任務に就いていたが、次第に破壊や爆薬に対する生まれ持った才覚を示し始める（簡単に言えば、何かを吹き飛ばすことが大好きなのである）。コワルスキにとって初めての重要な任務は、マルコ・ポーロの『東方見聞録』の失われた章の捜索で（**シグマ**③）、その後はシグマフォースの多くの作戦にサポート役として加わることになる。心の底から海を愛し、飛行機による長時間の移動よりも荒れた海の方を好む。ビール、甘いもの、葉巻、高級な靴に目がない。テディベアも好きだと思われるが、本人はガールフレンド用だと主張している。

サルが大嫌いで、それも無理はないと思わせる理由がある（**シグマ**Ⓐ）。

・人間関係

コワルスキは聡明な若い人類学者エリザベス・ポークと交際中で、彼女とは数年前のシグマの任務中に出会っている（**シグマ**④）。仲間の隊員たちはなぜエリザベスがコワルスキと付き合っているのか理解に苦しんでいるが、コワルスキのシャワーの回数が増えたことは悪くないと思っている。

ショーン・マクナイト（故人） SEAN MCKNIGHT

階級：少佐
過去の所属：ネイビーシールズ
専門：物理学、情報工学

・身体的特徴

白髪交じりの赤毛。背が高く、肩幅が広い。六十歳を前にして死亡。

・経歴

シグマの創設者であり初代司令官を務めたショーン・マクナイトは、元ネイビーシールズ所属で、後に物理学と情報工学で博士号を取得した。DARPAに二十年以上勤務し、**ペインター・クロウ**を自らスカウトした。その後、非公開を受けてDARPAの長官に就任。シグマの司令部が襲撃された際、非公開によって殺害され（シグマ④）、後任に**グレゴリー・メトカーフ**が就く。

シグマフォースはショーン・マクナイトの功績としてこれからも存続し続けるであろう。

・人間関係

ショーンはペインター・クロウの親友であった。ペインターが自分の後任としてシグマフォースの司令官となった時には胃薬を一箱贈っている。ペインターはジョークだと受け取ったが、そう思っていられたのも最初だけであった。

マルコム・ジェニングス　MALCOM JENNINGS

職業：法医病理学者
専門：研究・開発

・身体的特徴

白髪で淡い褐色の肌。見た目はちょっとお洒落な大学教授といった印象。年齢は六十代で、眼鏡をかけている。

・経歴

シグマの研究開発部の部長で、**ペインター・クロウ**が司令官に就く以前からシグマに所属している。法医病理学者としての経験は、死因を特定したり、致死性のウイルスが拡散していたり（**シグマ③**）、シグマ司令部の目の前で人が殺されたり（**シグマ④**）した場合に役立っている。シグマの司令部内で勤務し、現場に赴くことはまずない。

グレゴリー・メトカーフ　GREGORY METCALF

階級：大将
所属：陸軍

・身体的特徴

アフリカ系で年齢は五十代半ば。ウエストポイント陸軍士官学校のアメフトチームでラインバッカーとして鳴らしていた頃の屈強な体型を維持している。年齢を感じさせるのは白いものが交じった髪と老眼鏡くらいしかない。

・経歴

不慮の死を遂げたショーン・マクナイトの後任として、ペインター・クロウが辞退した後にDARPAの長官に就任。頑固で規則を重んじるメトカーフと、新しい上司が自由な活動を妨げていると感じるペインターは、しばしば対立している。ペインターは時にメトカーフに無断で行動したり、事後承諾を求めたりすることがあるものの、この新しい上司の知性を侮《あなど》ってはならないと肝に銘じている。

ペインターが司令官を解任されずにいるのは大統領の後押しのおかげだとの噂もあるが、それにも限界がある。今後、メトカーフとペインターがどのようにして良好な関係を築き、任務に取り組んでいくのかが注目される――ペインターがギルドに関する調査を進めたことで、シグマは多くのサメが生息する政治という名の海を渡らなければならなくなったのだから。

3 味方と敵

いい意味でも悪い意味でも、シグマフォースは完全に孤立した存在ではない。シグマが調査を行なう謎、陰謀、脅威に、関心を抱いたり巻き込まれたりする人間が出てくるのは避けられない。たまたまシグマと出会ってしまった者もいれば、積極的に関与してきた人物もいる。しかし、年月を経る中で、シグマと複数回にわたって関わりを持ち、おそらくこの先も関係が続くであろうと思われる重要な人々が存在する。

そうした人物をより深く知ってもらうため、以下に彼らのプロフィールを掲げることとする。

ヴィゴー・ヴェローナ　VIGOR VERONA

・身体的特徴

イタリア人の聖職者で、年齢は六十代。白髪交じりの髪はカールがかかっていて、顎ひげをきれいに整えている。ジーンズにTシャツ、カーディガンといったカジュアルな服装を好むが、状況に応じてフォーマルな黒のカソックを着用する。年齢の割には体力もあって行動的だが、生死の境をさまようような重傷を負ったこともある。

・経歴

モンシニョール・ヴィゴー・ヴェローナはヴァチカンの高官および学者で、これまで数回にわたってシグマフォースを助けたことがある。考古学と古代史に関する知識、およびカトリック教会との深いつながりが、シグマの任務に大きく貢献している。

ヴィゴーはローマのグレゴリアン大学の人気教授で、ここ数年は法王庁キリスト教考古学研究所の所長の任にもある。カトリックへの揺るぎない信仰心の一方で、物事を科学的に見る力も備えている。大学の研究室の扉には、かつてプラトンが扉に刻んでいた「幾何学を知らざる者、ここに入るべからず」の文字を記した紙が貼ってある。

ヴィゴーには彼を師と慕う学生たちの知らない一面がある。彼は十五年以上にわたってヴァチカンのスパイを務めているのである。考古学の研究は、世界を広く旅する際の格好の口実となる。ヴィゴーは学術調査を隠れ蓑としてヴァチカンの情報機関に報告を送り続けている。

ヴィゴーが初めてシグマフォースに協力したのは、ドイツの大聖堂での惨殺事件と、神聖な遺物「マギの聖骨」の盗難を調査した時である（**シグマ①**）。

ヴァチカン機密公文書館の館長に任命された後には、一見したところごく普通の、とあるポーランド人聖職者に関する詳細な報告書をシグマに提供している（**シグマ②**）。

マルコ・ポーロの秘密の日記と恐ろしい伝染病の治療法を追い求めた際にも、ヴィゴーはシグマに協力した（**シグマ③**）。

その一年後、サンピエトロ大聖堂での爆発事件で重傷を負い、ヴィゴーは昏睡《こんすい》状態に陥る。頭蓋骨を骨折するほどの大怪我であったが、シグマによって爆破の首謀者が**非公開**だと突き止められた後、ヴィゴーは昏睡から目覚めた。完全に回復するだろうと見込まれている（**シグマ⑤**）。

ヴィゴーは自身をヴァチカンと世界との間に立つ秘密の戦士だと見なしている。カトリック教会を守るための戦いに生涯を捧げており、その姿勢がシグマフォースおよびその隊員と手を組んでの戦いへとつながった。今後もそのような機会が訪れることであろう。

・人間関係

ヴィゴーは自らが育てたも同然の姪の**レイチェル・ヴェローナ**中尉を深く愛している。ヴィゴーの姉がレイチェルの母親に当たる。自身の母親のカミッラは、第二次世界大戦中にオーストリアから逃れ、イタリアに居を構えた。

シグマフォースと作戦を共にする前、ヴィゴーは海軍情報部時代の**キャット・ブライアント**とともに国際的な美術品窃盗団の摘発に当たったことがある。その三年後、ヴィゴーが初めてシグマと手を組んだ時に、二人は再会している（**シグマ①**）。

レイチェル・ヴェローナ　*RACHEL VERONA*

・身体的特徴

三十代の魅力的なイタリア人女性で、国防省警察の中尉。雪のように白い肌、高い頬骨、キャラメル色の瞳は、若い頃のオードリー・ヘップバーンを髣髴《ほうふつ》とさせる。以前はショートの黒髪であったが、最近になって髪を伸ばし始めた。

・経歴

十五歳の時に交通事故で父を亡くして以降は、姪を愛してやまないおじのモンシニョール・**ヴィゴー・ヴェローナ**が何かと力になってくれた。歴史と芸術に対する深い愛を教えてくれたのはおじで、夏休みには毎年のように二人でローマの博物館を巡り、おじが教鞭を執るグレゴリアン大学からほど近い聖ビルギッタで修道女たちとともに過ごしたこともある。

ヴィゴーはレイチェルが聖職者となって自分と同じ道を歩んでくれることを期待していたようだが、このじゃじゃ馬娘には修道女の生活は合わないとあきらめ、本人の希望する道を目指すように促した。心理学と美術史の学位を取得して大学を卒業すると、レイチェルはすぐにイタリア国防省警察に入隊し、訓練学校で国際法を二年間学んだ後、貴重な古美術品の盗難事件を専門に扱う美術遺産保護部隊に配属された。

シグマフォースとの最初の出会いは、おじとともに「マギの聖骨」の盗難を調査した時で、**グレイ・ピアース**をはじめとするシグマの隊員と協力して、盗難の背後に潜む国際的な陰謀を突き止めた（**シグマ①**）。

グレイが担当した次の任務には参加しなかったものの、事件解決後にグレイとポーランドで落ち合っている（**シグマ②**）。

その約二年後、おじが爆発事件で重傷を負った時、レイチェルはシグマに協力を仰いだ。グレイのほか、恋敵と思われる**セイチャン**とともに、レイチェルはかろうじて任務から無事に生還することができた（**シグマ⑤**）。

レイチェルは現在も国防省警察の一員として、ローマの文化遺産の保護に努めている。

・人間関係

レイチェルはグレイ・ピアースと真剣に交際していた時期がある。互いに相手のことを思う気持ちがあり、結婚の話が出たこともあったが、異なる大陸で異なる職業に就いているという制約のために、結局は別々の道を選ぶことになった。今のところ、二人はそれぞれの人生を歩む決心をしているが、この先再び顔を合わせた場合に何が起こるかは、その時になってみないとわからない。

レイチェルには母親と姉がいるが、おじのヴィゴーのようには彼女のことを理解してくれていない。むしろ、第二次世界大戦を生き延び、「銃を持たない女性は裸でいるのと同じだ」との信念を持つ祖母のカミッラに対して、レイチェルは自分との共通点を見出している。

ほかにレイチェルが深い愛情を注いでいるのは銀のミニクーパーのコンバーティブルで、猛スピードで運転するために同乗者を恐怖に陥れることがある。

セイチャン　SEICHAN

・身体的特徴

三十代前半の魅力的なユーラシア系の女性。「セイチャン」としてしか知られていない謎の多い暗殺者で、髪は黒、やや吊り上がった緑色の瞳には金色の斑点がある。スリムな体型で、ヴェトナム人とヨーロッパ人、おそらくフランスの血が混じっていると考えられる。肌は日に焼けた赤褐色で、唇はふっくらとしている。以前は黒い髪をボブに切り揃えていたが、近頃は長く伸ばしている。スリムでしなやかな肢体は、強さとやわらかさをあわせ持つ。服は黒が多く、体にぴったりと合ったバイクスーツを好む。アクセサリーや車の趣味からわかるように、好きな色は銀。彼女のトレードマークともいえる銀の竜のペンダントは、かつて母親が身に着けていたものと似ている。

・経歴

時に味方となり、時に敵ともなるセイチャンは、本当の忠誠心をどこに置いているのかはっきりしない、謎と危険に満ちた人物である。過去についてはまだ明らかになっていない部分があるが、少なくとも以下のことが判明している。

セイチャンは両親に関してほとんど覚えていない。最も鮮明な記憶は、泣きわめく女性が軍服を着た男たちによって自分から引き離されていく姿である。それが母親らしいのだが、セイチャン本人も確信はない。父親が誰なのかはいまだに不明。韓国のソウル郊外にある薄汚れた孤児院で育てられ、飢えに苦しみ、虐待と暴力が日常茶飯事であった日々を過ごした後、ストリートチルドレンとなる。十代の頃はバンコクのスラム街やプノンペンの裏通りを走り回っていた。ストリートチルドレンとして生き抜くための注意力、狡猾《こうかつ》さ、無慈悲さが**ギルド**の目に留まり、組織に取り込まれて暗殺者となるべく訓練を受けた。

シグマとの最初の接点は、メリーランド州フォート・デトリックの米国陸軍感染症研究所における**グレイ・ピアース**との遭遇で、その時のセイチャンは破壊工作の任務を受けていたと思われる。その初対面の時にセイチャンはグレイを撃ったが、後に自分と同じように液体防弾スーツを着用していると知っていたから撃ったのだと主張している。その後、セイチャンは銀色のチェーンにつながれた竜のペンダントを置き土産に姿を消した（**シグマ①**）。

その直後、盗まれたマギの聖骨に関する任務中に、二人は再び顔を合わせる。その時のセイチャンはギルドから派遣された傭兵として、シグマと非公開とを秤にかけながら、裏切りに裏切りを重ねる本領をいかんなく発揮した。セイチャンとグレイは共通の敵を倒すために手を組んだものの、それは急場しのぎと相互不信に基づく関係にすぎなかった（**シグマ①**）。

約一年後、セイチャンが残した竜のペンダントをまだ身に着けていたグレイは、コペンハーゲンで彼女からのメッセージを手渡される。そこには、今回の案件には自分もギルドも関わらないこと、および「近づきすぎて火傷をしないように　愛を込めて」と記されていた。この時のセイチャンの言葉に嘘はなく、それきり姿を見せなかった（**シグマ②**）。

セイチャンが次に現れたのは、そのさらに一年後のことである。ギルドとの間に深刻な意見の相違が生じ、組織に追われていたセイチャンは、負傷した状態でグレイの両親の自宅に何の予告もなく現れた。**モンシニョール・ヴィゴー・ヴェローナ**の協力も取りつけたセイチャンは、グレイとともに**非公開**の危機から世界を救う。事件解決後、拘束されたセイチャンはグレイの手引きで脱走に成功したが、シグマはその前に彼女の腹部に探知機を埋め込んでいた（**シグマ③**）。

それから一年以上、ギルドの秘密へと導いてくれることを期待して、シグマはセイチャンの監視を続けた。しかし、セイチャンは探知機を摘出した後、グレイと**レイチェル・ヴェローナ**とともに**非公開**を目論《もくろ》むギルドの計画を暴く。その時点では、セイチャンがギルドに復帰しようとしているのか、あるいは潜入を試みているのか定かではなかったが、グレイは彼女が時に非情な手段を用いることには目をつぶり、同じ側にいると信じようと努めた（**シグマ⑤**）。

謎に包まれたギルドの指導者の正体を追うセイチャンはパリに向かい、カタコンブで終末思想のカルト教団が引き起こそうとした災厄をかろうじて回避する。それによってギルドの真の起源に関する謎めいた手がかりを入手し（**シグマⒷ**）、グレイとシグマフォースにその情報を提供する（シグマ⑥）。

現在、セイチャンは逃亡中の身で、ギルドはもちろん、アメリカ合衆国を含む世界各国の情報機関からも追われている。モサドからは発見次第、射殺するようにとの命令が引き続き出されているほか、世界各国からテロリストおよび金で動く暗殺者として指名手配されている。シグマだけが戦力と見なしてくれているが、彼女の忠誠心に関しては疑問符が付けられたままである。

なお、セイチャンにはストレスが高まるとタバコを吸うという悪い癖がある。

・人間関係

幼い頃から孤独で、生き延びることだけを考えてきたため、セイチャンはグレイにひかれる自分の気持ちを何年間も抑えつけている。ただし、時にはグレイをからかったり、誘うような仕草を見せたりすることもある。二人はお互いの命を何度も救ってきたが、お互いを裏切った回数もそれに劣らず多い。セイチャンがグレイの胸を目がけて引き金を引いてから四年後、二人は長く心にくすぶり続けていた相手への思いを行動で表した（シグマ⑥）。しかし、シグマの隊員と、逃亡を続ける暗殺者との間には、どのような未来が待っているのであろうか？

タッカー・ウェイン　TUCKER WAYNE

・身体的特徴

筋肉質で、アメフトのラインバッカーよりもクォーターバックのような体型。年齢は二十九歳で、瞳は濃い茶色、目つきは険しい。身長は比較的高い。太陽の光を浴びながら屋外で過ごすことが多いため、肌は茶褐色に焼けている。

・経歴

元陸軍レンジャー部隊所属で、軍用犬のハンドラー。目の前で自分の訓練した犬の一頭が殺害された後、除隊したタッカーはもう一頭のケインを無断で連れ去った。ケインはジャーマン・シェパードの小型版といった感じの「ベルジアン・マリノア」と呼ばれる犬種。毛色はブラックタンだが、黒の部分の方が多い。軍用犬の訓練のほかに、タッカーは救出・奪還作戦を得意としている。

・人間（？）関係

親友と呼べるのはケインだけ。単なる相棒ではなく体の一部ともいうべき存在で、タッカーにとってケインを失うことは腕を失うも同然であろう。

4 過去の主要任務

シグマフォースが身をもって経験しているように、過去の歴史は我々が予期していない時に、決まって現在に影響を及ぼす。そのため、過去の出来事に関する実践的な知識を有しているかどうかが、時に生死の分かれ目となる。以下の任務はシグマの歴史上の重要な転換点に当たるものである——同時に、未来の出来事を暗示するものかもしれない。

任務名　ウバールの悪魔　*Sandstorm*

日時：十一月十四日から十二月四日まで
主な場所：イングランド、オマーン

大英博物館に所蔵されていた鉄のラクダ像——実際はラクダに似た形をした隕石の断片が、激しい雷雨の夜に突如爆発した。放射線の数値から、爆発はラクダ像内部の反物質が原因だと判明すると、無限のエネルギー源となりうる反物質の起源を突き止めるために、シグマは**ペインター・クロウ**とコーラル・ノヴァクの二人の隊員を現地に派遣する。

この爆発により、砂岩でできた古代の彫像の内部に隠されていた別の遺物——未知の液体の入った中空の鉄の心臓の存在が明らかとなる。心臓の表面に記されていた文字は、西暦三〇〇年頃にアラビアの砂漠の下に消えたと言われる伝説の都市ウバールを指し示していた。民間人の科学者を装ったペインターとコーラルは、イギリスの大金持ちのレディ・キャラ・ケンジントンと優秀な考古学者ドクター・サフィア・アル＝マーズが率いる考古学調査隊に潜り込むことに成功する。その目的は、何百年も前に記された道筋をたどり、伝説の都市へと、安定した状態にある反物質の宝庫へと向かうことであった。

しかし、シグマには競争相手がいた。ペインターのかつてのパートナーが率いるギルドの傭兵チームも反物質を追っていて、破壊、誘拐、殺人など、どのような手段を用いてでも自分たちの目的のために戦利品を手に入れようと目論んでいた。そればかりか、第三のグループ――超常現象としか思えない能力を持つベドウィンの謎の女性たちも、争奪戦に割り込んできた。

ウバールの消滅期にまでさかのぼる一連の古代の手がかりをたどって、三つのグループは時間との戦いも繰り広げながらオマーン国内を移動する。鉄の心臓を手がかりに向かった聖母マリアの父ナビー・イムラーンの墓では、古代の羅針盤がドファール山脈と預言者ヨブの墓を指し示す。ヨブの墓で発見されたシバの女王の胸像は、「アラビアの空虚な一角」とも呼ばれる広大なルブアルハリ砂漠の奥深くの、ある地点を指していた。

超巨大砂嵐が接近する中、失われた都市が発見される――しかし、反物質が爆発する可能性も高まっていた。ペインターたちは爆発を阻止しなければならない。任務が失敗に終われば、アラビア半島全土が灰燼《かいじん》に帰してしまうかもしれなかった。

・評価

「ウバールの悪魔」の任務は、確認できる限りではシグマがギルドと対決した最初の事例で、この時にギルドがシグマとDARPAの両方にスパイを潜入させていたことも判明する。ペインター・クロウはこの作戦を最後に、一隊員からシグマの司令官へと昇格する。司令官としてのペインターの最優先事項は、ほかにも潜んでいるかもしれないギルドのスパイを根絶するため、シグマをゼロから再編することであった。

Σ

・現実に目を向けて

シグマの作戦には科学や歴史から超常現象に至るまで、幅広い知識が必要とされる。以下は本任務に関連する主な事項の簡単な報告である。このような事項に関心がある場合、シグマの隊員たちには自主的にさらなる研究を進めることが求められる。

Σ

・ウバール――「砂漠のアトランティス」

失われた都市ウバールはこれまで長い間、実在の場所ではなく伝説にすぎないと見なされることが多かった。信じられないほどの富にあふれた壮麗な都市で、ノアの子孫たちが築いたとされるウバールは、神の怒りを買って地上から姿を消し、アラビアの砂漠の下に埋もれたとの言い伝えがある。コーランでは「イラーム」と呼ばれ、「壮麗な塔と柱のある街」とされている。『アラビアン・ナイト』には「真鍮《しんちゅう》の都」と記されているほか、T・E・ロレンス（別名「アラビアのロレンス」）が「砂漠のアトランティス」と名付けたことも有名である。

現在では、「ウバール」の名は都市ではなく、部族や地域を指しているとの説が有力である。それでも、伝説の基になった街の遺跡を探し求める探検家や歴史学者が絶えることはない。一九九九年初め、NASAなどの衛星画像から、ルブアルハリ砂漠中の今では使用されていない何本かの交易路の合流点付近に、かつて一大貿易拠点が存在していたらしいことが明らかになった。オマーン国内のシスルという小さな村での発掘の結果、古代の砦《とりで》の遺跡が発見された。二千年以上も前のものと思われるこの遺跡は、その一部が大きな陥没穴の内部へと崩壊していた。この遺跡の年代と場所、および砂漠にのみ込まれたような状況から、この崩れかけた砦こそが伝説の失われた都市の一部だと主張する者も現れた。ただし、この説に異論を唱える学者も少なくない（そうした学者たちはシグマの極秘の任務記録にアクセスできないためであろう）。

これまでのところ、シスルの遺跡の地下でシグマが驚くべき発見をしたとの「公式の」発表はない。

Σ

・反物質――SFの世界の話ではない

物質が反物質と衝突すると対《つい》消滅を起こし、その際の爆発でエネルギーが発生する。しかし、残念なことに反物質は地球上にほとんど存在しないし、物質に触れると対消滅するために保管が困難であるし、生成するには信じられないほどのコストがかかる。そのため、これまで知られていなかった反物質の供給源と、安定した状態での保存方法を突き止めようとして、シグマとギルドが躍起になったのである。

反物質は宇宙線が地球の大気にぶつかる時など、高エネルギー粒子の衝突によって自然界で生成される。原子よりも小さい反粒子から成る反物質の存在は、すでに一九二八年の時点で数学的に予測されており、一九三二年には「陽電子」と呼ばれる反粒子の一種が初めて観測された。今日、スイスのジュネーヴにあるＣＥＲＮ（欧州原子核研究機構）やイリノイ州シカゴ近郊のフェルミ国立加速器研究所などでは、粒子加速器を用いて様々な形態の反物質を生成しているが、その工程は極めて非効率的で、時間がかかるうえに費用も莫大である。現在のペースだと、ＣＥＲＮが一グラムの反物質を生成するには四十億年を要する計算になる。そのため、反物質をエネルギー源とする自動車、爆弾、宇宙船などが、いまだに実現していないのである。

宇宙の大部分は反物質ではなく物質でできている。理論上はビッグバンによって等量の物質と反物質が生成されたことになっているので、なぜこのように差が生じてしまったのかは今も謎のままである。ただし、ＣＥＲＮの大型ハドロン衝突型加速器による最近の実験から、亜原子粒子の崩壊速度の差に関係があるのではないかとの仮説が提唱されている。CERNは数年以内により明確な結論を導き出すことを目指している。

なお、粒子物理学者は新しい発見の確率の高さを示すのに「シグマ」スケールを使用する。例えば、5シグマはその結果が統計的な誤差とは言えないことを意味する。我々の知る限りでは、このスケールと「銃を手にした科学者」から成る秘密特殊部隊とは無関係である。

物質と比べて極めて希少な存在であることに変わりないが、反物質は宇宙空間で見つかることがある。銀河系の中心に直径約一万光年という巨大な反物質の雲の存在が観測されているほか、地球を取り巻くヴァン・アレン帯にも薄い帯状の反陽子が存在していることがわかっている。国際宇宙ステーションにこのほど設置された新しい機器は、宇宙空間におけるさらなる反物質の存在を捜索中である。今後、反物質でできた彗星《すいせい》や銀河が発見されるかもしれない。

反物質でできた彗星の存在は、理論として提唱されているものの、まだ証明されていない。シグマは一九〇八年に反物質の彗星がシベリアに落下し、有名なツングースカ大爆発を引き起こしたと考えている。「ウバールの悪魔」作戦における発見はこれを裏付けるものであるが、現時点でこの理論は科学界の主流から認められていない。

答えはいずれ明らかになるであろう。

・事実は小説より奇なり

この任務における最も驚くべき出来事は、シバの女王直系の子孫を自称する謎の女戦士部族ラヒームの存在であろう。シグマのペインター・クロウおよびコーラル・ノヴァク両隊員の目撃証言によると、ラヒームの女性たちは姿を消したり、人間や動物の精神を操ったり、女性だけで子供を産んだりすることができるなど、超能力とも言えるような力を有しているらしい。

女性たちが持つ超常現象のような能力については、現地での観察や血液サンプルの分析により、コーラルが科学的に説明している。彼女の説によれば、ラヒームの能力は 非公開 に起因するとのことである。

任務名　マギの聖骨　*Map of Bones*

日時：七月二十二日から八月十八日まで（シグマ⓪の八カ月後）
主な場所：ドイツ、イタリア、エジプト、フランス、スイス

ドイツのケルン大聖堂において、聖体拝領の儀式に参加した八十人以上の人々を感電死させるという謎の虐殺事件が発生した。誕生間もないキリストのもとを訪れた東方の三博士「マギ」の聖骨という計り知れない価値のある遺物も盗み去った殺人犯たちを追うため、ヴァチカンの諜報部員モンシニョール・**ヴィゴー・ヴェローナ**はシグマフォースに協力を要請する。ヴィゴーは姪の**レイチェル・ヴェローナ**中尉も調査隊に加えるが、彼女は暗殺者に命を狙われることになる。

間もなく、聖体拝領で使用された聖餅《せいへい》が、単原子の（または「m状態の」）金に汚染されていたと判明した。「m状態の」とは、金属の極めて特異で超伝導的な一形態を指す言葉である。証拠からロイヤル・ドラゴンコートの関与が疑われた。彼らは堕落した貴族から成るカルト集団で、自分たちこそが人類を支配する運命にあると信じ、何としてでも伝説のマギの秘密を手に入れようとしていた。

ペインター・クロウは、**グレイ・ピアース**、**モンク・コッカリス**、**キャット・ブライアント**の三隊員をケルンに派遣した。三人は現地でイタリアからの二人と合流するが、ドラゴンコートのラウル・ド・ソヴァージュ男爵が率いる攻撃部隊と、彼の仲間と思われる**ギルド**の**セイチャン**からの攻撃を受ける。襲撃から逃れたシグマのチームは、盗まれた「聖骨」が実際には骨ではなく、非公開にまでさかのぼる古代のマギのグループによって生成されたm状態の金属の化合物であることを発見する。ドラゴンコートは（そしておそらくギルドも）、世界を自分たちの望み通りの形へと作り変えるために、失われたマギの知識を探し求めていたのである。

十四世紀にテンプル騎士団の手によって隠された一連の手がかりを基にして、ローマのカタコンベからアレクサンダー大王の失われた墓、さらにはフランスのアヴィニョンの法王庁へと、危険な宝探しの旅が始まる。アヴィニョンにはマギの究極の秘密——天地創造の原始の光への鍵が隠されている可能性があった。その過程でシグマとドラゴンコートは激しく争い、多くの血が流れる。一方で、セイチャンとギルドはシグマと手を組んだり対立したりしながら、自分たちの目的のために動いていた。

・評価

これはギルドがシグマの内部に潜入した事件（**シグマ⓪**）から約八カ月後、ペインター・クロウ司令官のもとでの最初の大規模な作戦である。また、実戦の任務で自らチームを率い、シグマの司令部との連絡をたびたび遮断されたグレイ・ピアースにとって、そのリーダーシップが試される重要な任務でもあった。より個人的な面では、ドラゴンコートとの戦いでモンク・コッカリスは左手を失うが、その一方でこの任務をきっかけにキャットとの交際が始まり、後に二人は結婚することになる。同時に、グレイとレイチェルが付き合い始め、シグマとヴァチカンおよびモンシニョール・ヴェローナとの協力関係も生まれた。なお、マルコ・ポーロの『東方見聞録』の記述をヒントにしてヴィゴーがマギの秘密結社についての調査を開始するが、『東方見聞録』は後のシグマの任務にも大きく関与することになる（**シグマ③**）。また、マギの秘密結社に関する証拠は、さらに後の危機において明らかにされる（**シグマ⑥**）。

非公開をはじめとする指導者たちの死や逮捕により、ドラゴンコートは力を失い、アヴィニョンでの敗北以降は活動が見られない。しかし、セイチャンとギルドはこれ以降もシグマにとって警戒の対象であり続ける。

Σ

・マギとは何者なのか？

キリストの降誕を扱った絵画や野外劇などで目にする機会が多いにもかかわらず、「東方の三博士」が幼子イエスのもとを訪れたとされる話について、詳しいことはあまり知られていない。「マギ」に関する記述があるのは『マタイによる福音書』だけで、そこには名前も、出身地も、さらには人数すらも、具体的には記されていない。マギが幼子イエスに黄金、乳香《にゅうこう》、没薬《もつやく》の三つを贈ったことから、マギの人数も三人であったとされているにすぎず、ヴィゴー・ヴェローナが語っているように、『マタイによる福音書』には人数に関する言及はない。また、聖書には飼い葉桶の中にいる幼子イエスをマギが見つけたとは書かれていない。聖書をよく読むと、マギが訪れたのは数年後のことで、キリストがすでに歩き始めていた頃だということになる。

マギが東方のどこの出身なのかはいまだに論争の的になっており、様々な学者の主張や言い伝えから、バビロン、ペルシア、アラビア、インドなどの説がある。ｍａｇｉという単語はラテン語ｍａｇｕｓの複数形で、ｍａｇｕｓは占星術に関連した司祭階級を意味する古代ペルシア語に由来している。時代の変遷《へんせん》とともに、その単語は占星術師、魔術師、賢人を指すようになった。クリスマスキャロルでマギは「三人の王」として歌われているが、聖書にはそのような記述はない。

マギのその後の運命に関しては、相反する話や言い伝えが残っている。一三〇〇年頃に最初に発表されたマルコ・ポーロによる有名な『東方見聞録』には、この有名な探検家がペルシアにある三人のマギの墓を訪れたとの記述がある。マルコ・ポーロはまた、幼子イエスがマギに対して、泉に投げ入れると天から炎を呼び寄せる不思議な石を授けたと語っている。この伝説の裏にある真実を発見できるかどうかは、シグマフォースの手にかかっていたのである。

一方、マギの聖骨に関しては、マルコ・ポーロの歴史的に有名な旅行よりも千年近く前に、コンスタンティヌス帝の母の聖ヘレナによって聖骨がパレスチナで発見されたとの説を唱える者もいる。その後、聖骨はコンスタンティノープルへと移送され、さらにドイツのケルン大聖堂にある「三人の聖なる王の廟《びょう》」に安置された。その聖骨をドラゴンコートが盗み出したわけだが、そのことに関してはまだ一般に発表されていない。

ヴァチカンの公文書館で長い間埋もれたままになっていた八世紀の羊皮紙には、マギ本人から聞いたとする旅路の様子が記されており、それによるとマギはアダムの三番目の息子セトを先祖とする古代の神秘主義者の集団とのことである。「マギの顕現《けんげん》」として知られるこの文書は、長年にわたって公文書館に人知れず眠っていたが、最近になってようやく英語に翻訳された。モンシニョール・ヴェローナにこの文書を調べる機会があったか、あるいはこの文書がシグマまたはギルドの興味の対象となるかどうかについては、今のところ不明である。

Σ

・液体防弾スーツは未来の防弾チョッキ

メリーランド州フォート・デトリックでセイチャンと初めて遭遇した時、グレイ・ピアースは胸を撃たれた。彼の命を救ったのは、現在米軍が開発を進めているまったく新しいタイプの防弾チョッキである。

この革新的な技術は、デラウエア大学によって開発された「剪断《せんだん》濃密流体（ＳＴＦ）」に基づいている。ＳＴＦは衝撃を受けると凝固《ぎょうこ》するシリコンの超微粒子を含んでおり、高速の発射物から体を保護してくれるが、通常はやわらかいために体を動かすうえで支障はない。

セラミック製のプレートと頑丈なケブラー素材を使用した現在の防弾チョッキには、かたくてかさばるという欠点がある。また、可動性の確保のために体の一部の保護が不十分になるという問題も避けられない。ケブラーをＳＴＦに浸すことで可動性が増すし、かさばる素材を何層も重ねる必要もなくなる。検証実験の結果、ＳＴＦに浸したケブラー四層は、通常のケブラー十層分に等しい強度があると判明した。唯一の問題は、ＳＴＦに浸すとケブラーの重量が増すという点である。

液体防弾スーツはメリーランド州アバディーンの米国陸軍研究所で数年前から開発が進められている。この技術が一般の兵士に適用される時期については不明だが、シグマはその先を行っている。

ただし、残念なことにギルドも一歩先んじていた。

Σ

・事実は小説より奇なり

モンシニョール・ヴェローナの助力を得たシグマの調査により、謎のm状態の化合物はこれまでにも様々な姿で伝説や歴史に痕跡《こんせき》を残していたことが判明した。奇跡としか思えないような性質を持つこの超伝導体は、エジプトの『死者の書』に記された不思議な力を持つ白い粉末、モーゼと古代イスラエル人の「マナ」、幼子イエスからマギに贈られた聖なる石、中世の錬金術師たちが探し求めた「賢者の石」、テンプル騎士団の失われた財宝、などを指している可能性がある。

シグマはこの化合物が単原子の金と非公開から成ることを突き止めたが、それを生成するための正確な比率は現代の科学をもってしても謎のままである。

任務名　ナチの亡霊　*Black Order*

日時：五月十六日から二十二日まで（シグマ①から約一年後）
主な場所：ポーランド、ネパール、デンマーク、ドイツ、南アフリカ

空に現れた謎の光と奇病の発生を受けて、**ペインター・クロウ**はヒマラヤ山脈奥地の僧院へと向かうが、そこは狂気に支配されて狂暴化した僧たちの巣窟《そうくつ》と化していた。アメリカ人医師の**リサ・カミングズ**も、そうとは知らずにこの危機に巻き込まれてしまう。超人的な能力を持つ暗殺者が奇病発生の痕跡を抹消しようと試みた際、現場に居合わせたペインターとリサは囚われの身となり、山奥深くに隠れた要塞へと連れていかれる。そこは第二次世界大戦後に姿をくらましたナチの科学者たちから受け継がれてきた秘密の施設であった。自らをもはやナチではないと主張する科学者たちは、生物の進化に影響を与える極秘の研究プロジェクト「釣鐘《つりがね》（ディー・グロッケ）」を何世代にもわたって続けていた。釣鐘の奇妙なエネルギーを子宮内の胎児に照射することで、科学者たちは「太陽王の騎士たち（リッター・デス・ゾネンケーニヒ）」を誕生させることに成功する。だが、「ゾネンケーニヒ」は超人的な強さと能力を持って

いる一方で、ある程度の年齢に達すると退行症状の発生に悩まされていた。彼らと同じ放射線のエネルギーを浴びてしまったペインターは、量子レベルで損傷を受け、余命三日と診断されてしまう。

同じ頃、当初それとは無関係と思われていた任務でコペンハーゲンを訪れていた**グレイ・ピアース**は、かつてチャールズ・ダーウィンが所有していた古い聖書を手に入れようと目論む残忍な暗殺者のグループと戦う羽目になる。グレイは十五歳になる手癖の悪い少女フィオナと協力し、合流した**モンク・コッカリス**とともに、ダーウィンの聖書に隠された歴史の探索を開始した。聖書の前の持ち主であった故ドクター・フーゴ・ヒルシュフェルトは、ユダヤ人の科学者で、ヒトラーの親衛隊長官として悪名高いハインリッヒ・ヒムラーの組織したオカルト集団「ブラック・オーダー」とつながりのある人物であった。一九四五年に死去する直前、ヒルシュフェルトは量子進化を制御する秘密を発見したらしく、「あまりに美しい真実が、このまま日の目を見ずに終わるのは惜しい。だが、あまりに恐ろしい真実が、世の中に解き放たれるのは危険だ」と語っている。その秘密に関する暗号が、ダーウィンの聖書に記されている可能性があったのである。グレイたちは聖書の足跡をたどってドイツのヴェーヴェルスブルク城へ向かったが、そこで非公開に裏切られる。

非公開の後にヒマラヤ山中の要塞を脱出したペインターは、シグマの司令部と連絡を取る。それまでに得られた情報を検討した結果、ナチの「釣鐘」計画は第二次世界大戦後にネパールと南アフリカの二つのグループに分かれていたことが判明する。南アフリカでは莫大な資産を持つ名家ワーレンベルク一族の手により、優越人種であるアーリア民族の超人を生み出す目的で、ブラック・オーダーの事業が継続されていた。彼らは動物実験も行なっており、非公開の巨大突然変異種などを生み出していた。ワーレンベルク家は研究を完成させるために、ダーウィンの聖書に隠されていた暗号を手に入れようとしていたのである。

ペインターの精神的・肉体的な衰えが進行し、ワーレンベルク家が世界各国の首都を対象とした攻撃を画策する中、シグマは南アフリカにある厳重に警備された一族の敷地へと攻撃を仕掛けなければならなくなった――ペインターの病の治療法を探すために。現代によみがえったナチが最強の「ゾネンケーニヒ」軍団を誕生させようとする目論みを阻止するために。

・評価

本任務の期間中、ペインターは行方不明もしくは病状が悪化した状態であったため、シグマフォースは司令官不在のまま任務を遂行し続けなければならなかった。その間、**キャット・ブライアント**がシグマ司令部での対応を見事にこなし、将来ペインターの副官となる片鱗《へんりん》を見せた。一方で残念なことに、作戦中に非公開の命が失われている。

ペインターは死の淵から生還したものの、片方の耳の脇の髪の毛がひと房だけ、鳥の羽を挿したかのように白髪になるという形で病気の影響が残ってしまった。明るい話としては、この事件をきっかけとしてペインターとリサの交際が始まり、二人の関係は現在も続いている。偶然シグマの任務に巻き込まれたリサであったが、その後も医師としての経験と知識を生かしつつ、シグマにとって欠くことのできない存在になっている。

なお、**ギルド**がダーウィンの聖書に対して関心を示さなかった理由については謎のままである。

Σ

・ヒトラーに次ぐ人物

ハインリッヒ・ヒムラー（一九〇〇年生、一九四五年没）は、アドルフ・ヒトラーの腹心の部下の一人であると同時に、自らも「化け物」と呼ばれるにふさわしい人物であった。多くの人々に恐れられた親衛隊の隊長として、ヒムラーはホロコーストの主導者の一人であり、強制収容所やガス室の建設や運営にも個人的に目を光らせていた。推計によると、ユダヤ人、ジプシー、ポーランド人、同性愛者など、彼が生きるに値しないと判断した、少なくとも千百万人の命を奪ったと考えられている。

人種の優越性および優生学というナチの理論を信奉していたヒムラーは、「アーネンエルベ」すなわち「古代遺産調査団」を創設し、一九三八年から三九年にかけてのチベット遠征などを後援した。後にペインター・クロウとリサ・カミングズは、同地でヒムラーが何に関心を寄せていたのかを目の当たりにすることになる。

一九三四年、ヒムラーはドイツのヴェーヴェルスブルク城を取得した。当初は「親衛隊指導者育成学校」を意図していたものの、次第にここは親衛隊の物理的・象徴的な中心となる。親衛隊を代表する指導者たちがこの城で会合や儀式を行なうようになると、それに合わせて大規模な改装や拡張工事が実施された。近隣の強制収容所からかき集められた労働者たちが奴隷同然に酷使されたが、ヒムラーの抱いていたヴェーヴェルスブルクを「世界の中心」にするという究極の計画は、戦況の悪化により実現に至らなかった。一九四五年、城は火がかけられ、略奪され、一部が破壊された後、連合国の管理下に入った。その後、城は修復され、現在は博物館兼ユースホステルとなっていることは、この施設の悪名高い過去に隠された手がかりを求めて訪れたシグマフォースが確認した通りである。ヴェーヴェルスブルクの「上級分隊長の間」にある大理石の床の上には、「黒い太陽」の模様を今でも見ることができる。

ヒムラーは自身の「黒いキャメロット」の破壊をその目で見ることはなかった。連合国との間で部分講和の交渉を試みたヒムラーだったが、この計画は失敗に終わり、ヒトラーの激しい怒りを買うことになる。その後、変装して国外脱出を図ろうとした際に、連合国側に身柄を拘束される。戦犯として裁判にかけられることを拒んだヒムラーは、シアン化物のカプセルを噛んで自殺し、墓石も何もない場所に埋葬された。死後六十年以上が経過した後、シグマはヒムラーの負の遺産が非公開の形で生き続けていることを発見したのである。

Σ

・ＤＡＲＰＡの秘密兵器

今回の任務において初めて実戦で使用されたモンクの義手は、最新技術の粋を集めたものであるが、ＤＡＲＰＡは革新的な義肢の開発計画を続けており、多方面に及ぶ総額一億ドルのプロジェクトは、すでにいくつもの目覚ましい成果をあげている。

アメリカ食品医薬品局の認可を待っているのが「第三世代」で、この人工の腕は大きな可動性と手先の器用さを特徴としている。フットペダルで操作するこの義手は、コンピューター処理されたアルゴリズムが指先に加える力を制御しており、被験者は思いのままに箸《はし》を使用することもできる。

一方、ジョンズ・ホプキンス大学の科学者たちによって開発されたモジュール義肢（ＭＰＬ）に関しては、ウォルター・リード国立陸軍医療センターで臨床試験が行なわれている。ＭＰＬは重量が約四・五キロ（人間の腕とほぼ同じ重さ）しかなく、普通の腕と同じように細かい動きも可能で、残されている筋肉が発する電気信号を表面の電極が受信し、義手へと送信することによって操作する仕組みである。研究者たちは将来的に電気センサーを患者の神経に直接つなぐようにしたいと考えている。この技術を手や腕だけでなく脚にも応用すれば、脚を失った人が義足で自由に歩けるようになることも夢ではない。

ＤＡＲＰＡは「リライアブル・セントラル・インターフェース（ＲＣＩ）」の研究資金も提供している。これは脳に直接埋め込んだマイクロチップによって義肢を操作することで、実現すれば手足を失った人が頭で考えただけで義手や義足を操作することも可能になる。こうした研究ではすでに驚くべき進歩が見られる一方で、ＤＡＲＰＡは技術のさらなる信頼性を高めつつ、技術的な問題点を解消することに努めている。現在進行中のＲＣＩプロジェクトは、頭で考えて操作する義肢を研究所の中から日常生活へと応用することを目指すものである――シグマフォースからは遅れを取っているものの、わずか数年の差でしかない。

Σ

・事実は小説より奇なり

南アフリカの動物保護区（ワーレンベルク家の敷地内にある私有保護区からそれほど遠くない場所）に謎の肉食動物が出現した時、保護区監視員のカミシ・テイラーはズールー族の伝説上の怪物「ウクファァ」が現れたのだと思った。ウクファァはゴリラほどの大きさがあると言われ、俊敏《しゅんびん》さと賢さと残忍さで恐れられている。「ドゥブ」「ルンブワ」「ケリット」「ゲテット」などの名でも知られるこの生物は、怪談話に出てくる化け物にすぎないと思われていたが、サイの惨殺死体はウクファが実在することを示していた。グレイ・ピアース率いるシグマのチームは、この地に姿を現したウクファが実は非公開であることを突き止めたものの、自分たちも危うく惨殺死体となるところであった。

アフリカ以外では「ウクファ」の名前はほとんど知られていないが、同じような謎の怪物の名前として西洋人にお馴染みなのが「ナンディベア」であろう。ケニアのある部族からその名前が付けられたナンディベアは、大型で敏捷《びんしょう》な肉食動物で、クマとハイエナの合いの子だと言う者もいれば、ヒヒが混じっているという説もある。ナンディベアの目撃例は一九〇〇年代初頭から記録が残っており、「アフリカの雪男」と呼ばれることもある。

この伝説上の生物に関する言い伝えや説に関する情報を詳しく知りたければ、「ナンディベア（Nandi Bear）」をＧｏｏｇｌｅで検索すればいい。ただし、テディベアのような可愛いクマさんを期待しないように。

任務名　コワルスキの恋　*Kowalski's in Love*

日時：不明（シグマ③以前）
主な場所：ブラジル沖合の島

休暇中のジョー・コワルスキ海軍上等水兵は、ボート事故のためジャングルに覆われた孤島に漂着し、そこでシグマフォースのシャイ・ロサウロ隊員と出会う。その島には狂暴化して人を襲うマンドリルの群れが生息していた。島の植物には遺伝子の変異したラブドウイルスが散布されており、ウイルスを体内に摂取すると、感染者は感覚が研ぎ澄まされると同時に狂暴化してしまうらしい。ウイルスは謎のテロ組織から資金援助を受けたサラザール教授という人物が生成したものであった。サラザール教授はシグマによって身柄を拘束されたが、その前にブラジルのマナウス郊外にある先住民の村と小児救援病院にウイルスをばらまいていた。シャイ（とコワルスキ）の任務は、島にあるサラザール教授の研究所から抗体を回収すること。しかし、島内のウイルスを壊滅させるために、ブラジル海軍が島を爆撃して焼き払う予定になっている。二人に残された時間は二十七分しかなかった。

・評価

コワルスキはこの時までシグマフォースの存在を知らなかったが、この事件をきっかけとしてシグマに拾われる。また、この時の恐怖体験がトラウマとなり、「サル」全般に対する苦手意識が抜けなくなってしまった。シャイ・ロサウロはその後のシグマの任務でコワルスキと再会することになる（**シグマ④**）。

サラザール教授の研究に資金提供していた謎の組織は**ギルド**ではないかと考えられている。

Σ

・男の子が大好きなおもちゃ

シャイはコワルスキに武器としてＶＫライフルを手渡す。これは直径二センチのディスク状の刃を銃弾の代わりに発射するハイテク武器で、一発ずつ撃つことも、オートマティックで連射することもできる。弾倉には二百発が装塡《そうてん》可能。

言うまでもなく、コワルスキはこの武器に一目惚れした。

任務名　ユダの覚醒　*The Judas Strain*

日時：七月一日から八月十一日まで（シグマ②の約一年後）
主な場所：インド洋、イタリア、インドネシア、トルコ、イラン、カンボジア

インド洋に突如出現した大量の有毒バクテリアが原因となって、近くのクリスマス島で大勢の病人と死者が発生した。**モンク・コッカリス**と**リサ・カミングズ**は、ＷＨＯ（世界保健機関）が派遣した科学者・医師のチームとともに、この危機の調査と支援に当たることになり、作戦本部として使用するため航海中に徴用された豪華客船「海の女王号」に乗り込む。しかし、救援のための任務は、血に飢えたインドネシアの海賊たちと手を組んだ**ギルド**が船を乗っ取ったことで一変する。ギルドはリサやほかの医師たちに対して、病気の原因である古代のウイルス「ユダの菌株」に感染した患者の治療法を突き止めるように命じた。このウイルスはどこにでも存在するような良性のバクテリアを致死性のある種に変異させるという性質を持っていた。ウイルスが世界中にばらまかれれば、種の絶滅を招くような生物学的な災厄を引き起こしかねない。

その頃アメリカでは、別の事件が幕を開けていた。かつての雇い主のギルドから逃亡を図る**セイチャン**が、**グレイ・ピアース**の実家の玄関に姿を現したのである。セイチャンが所持していたのは盗み出したエジプトのオベリスクで、その表面には一部の人々の間で「天使の文字」と信じられている謎の記号が刻まれていた。オベリスクとそこに記された秘密を取り戻そうとするギルドに追われ、グレイとセイチャンはボディーガードの**ジョー・コワルスキ**、グレイの高齢の両親ジャックとハリエットとともに逃げることになる。両親の身を守ろうと必死の努力をしたグレイであったが、二人はギルドにとらえられて人質となってしまった。そのため、グレイは「カルカッタの切り裂き魔」との異名を持つギルドの暗殺者アメン・ナセルとの取引を余儀なくされる。ナセルはセイチャンのライバル（およびかつての恋人）であった。

一方インドネシアで、海の女王号は海賊のアジトであるプサト島へと向かわされた。その島には人食い人種が住み、礁湖《しょうこ》にも肉食の非公開が生息していた。調査を進めるリサは患者の一人のスーザン・チュニスという女性に注目する。海洋生物学者のスーザンはウイルスに感染したものの、ユダの菌株の変異によってほかの患者とは違う症状を示していた。ウイルスおよびそれが生み出す殺人バクテリアに感染した者は狂気や人食いの症状を示し、やがて死に至るが、スーザンの場合は非公開という変化が現れていたのである。そのため、リサとモンクには彼女をギルドの手から救い出すことが急務となった。

グレイ、セイチャン、コワルスキはイスタンブールでモンシニョール・**ヴィゴー・ヴェロー**

ナと合流し、マルコ・ポーロがユダの菌株の治療法を発見したのではないかと推測する。ただし、そのことは彼の有名な旅行記ではなぜか触れられていない。秘密の治療法を求めて、グレイたちはマルコ・ポーロの発見から数百年後に残された歴史的な手がかりを追う。その手がかりは、一二九三年頃にヨーロッパへの帰途に就いたマルコ・ポーロ、彼の父、おじの三人に対して、モンゴルの皇帝フビライ・ハンが与えた三つの黄金の牌子《パイザ》（現代のパスポートに当たるもの）に天使の文字として刻まれていた。牌子とともに隠されていた絹の巻物には、疫病に襲われた「死者の都」の発見の経緯がマルコ・ポーロ自身の言葉で記されており、その様子はユダの菌株の感染状況と不気味なまでの類似を示していた。

　セイチャンの話から、ギルドが二つのチームを派遣していることが明らかになる。一つはウイルスが眠っていた木片を沈没船から回収したことがきっかけになったと思われる現在の疫病発生を調査するチーム、もう一つはウイルスの歴史的な起源を調査するチームである。ギルドの最終的な目標は、ユダの菌株を制御して恐るべき生物兵器の無尽蔵の供給源を確保し、同時にその治療法を独占することにあった。

　モンクとリサがインドネシアで生死を賭けた戦いを繰り広げる一方で、**ペインター・クロウ**は人質となったグレイの両親の救出に奔走《ほんそう》し、グレイのチームはマルコ・ポーロの旅路を逆にたどってイスタンブールからホルムズ島、さらにはカンボジアのアンコール遺跡へと向かった。アンコール遺跡では、はるか昔に地中に埋められた非公開にユダの菌株の起源が眠っていた。しかし、その間も世界各地で感染者の発生が続く……そして、シグマも悲劇的な犠牲を強いられることになる。

・**評価**

マギの件ではシグマと接点を持っただけに終わり（**シグマ①**）、その次の事件では関与を見送ったものの（**シグマ②**）、今回ギルドは世界の複数の地点でシグマと全面的に対決し、ユダの菌株の制御方法を手に入れるためには地球上の生態系を壊滅させることも辞さないとの姿勢を見せた。ギルドの非情な暗殺者がグレイの両親を人質に取って脅迫したため、シグマとギルドの対立はグレイの心に大きな傷を与えた。インドネシアの任務中にモンクが消息を絶ち、死亡したものと見なされたが、この時点で遺体の回収には至っていない。

ギルドがマルコ・ポーロの秘密を追い求めるようになったきっかけは、二年前にセイチャンと手を組んでドラゴンコートと戦った際（**シグマ①**）に自分が犯した過ちであったことを知り、グレイは大いに悔やむことになる。当時、シグマが事件の後始末をしていた時、ギルド（とセイチャン）は古い歴史的な文書を大量に収蔵していたドラゴンコートの図書館に侵入し、蔵書を盗み出した。その中に、ユダの菌株との遭遇について語った一章を含むマルコ・ポーロの『東方見聞録』の完全版が含まれていたのである（ちなみに、ドラゴンコートはその完全版をヴァチカンの機密公文書館から盗み出していた）。

この作戦では新しい隊員が大いに活躍した。正式なシグマの隊員ではないものの、リサ・カミングズは医学の専門知識を任務に生かす能力を存分に発揮している。インドネシアの経験を経て、リサはペインターへの思いをいっそう強めることになる。また、ジョー・コワルスキも実戦の洗礼を受け、シグマの隊員となってから初めての大きな任務を無難にこなした。

セイチャンに関しては……ユダの菌株に対するギルドの恐ろしい計画は彼女でさえも耐えられなかったため、組織を裏切る決意をしたと主張しているものの、その真意はグレイにもわからない。

Σ

・マルコ・ポーロの生涯

マルコ・ポーロ（一二五四年生、一三二四年没）が父親のニコーロ、おじのマフェオとともにヴェネツィアから東方に向けて旅立ったのは、彼が十七歳の時であった。一行はシルクロードを通ってトルコ、ペルシア、アフガニスタンを経由し、はるか遠方の「キャセイ」（現在の中国）へと至り、皇帝フビライ・ハンに面会する。マルコたちは十七年間にわたって中国に滞在し、皇帝の許可を得て国内を探索した後、十代のモンゴルの王女を嫁ぎ先のペルシアへと送り届ける付き添い役として帰国を許された。マルコたちは海路でスマトラ、スリランカ、インド、コンスタンティノープルを経て、ヴェネツィアに帰還している。
この帰国の旅は悲惨なものであった。船団には六百人以上の随行員がいたが、二年間に及ぶ旅路を生き延びたのはマルコの一族を含めてほんの一握りの人々だけであった。十代の時にヴェネツィアを離れ、約二十五年間を異国で過ごしたマルコは、帰国時には四十一歳になっていた。その後、彼が再び中国を訪れることはなかった。

ヴェネツィアとジェノヴァとの戦争に巻き込まれたマルコは、刑務所で一年間を過ごし、そこで同じ囚人のルスティケロ・ダ・ピサと出会う。マルコによる旅行の話をルスティケロが本として著したのが、『世界の記述』『イル・ミリオーネ』としても知られる『東方見聞録』である。大いに人気を博したこの本は、多くの人に読まれ、翻訳され、手写本《しゅしゃぼん》が作られ、手写本の手写本も広まった。そのため、現在ではいくつもの版が存在する（ヴァチカンの機密公文書館に収められているものだけが、マルコの経験した恐ろしい帰国の旅についての話を含んでいるとされる）。

その後、財産を築いたマルコは一三二四年に死去した。死を間近にしたマルコは、次のように語ったと言われる。「私は自分が目にしたことの半分しか話していない」

Σ

・天使が使用する言語？

エジプトのオベリスクの表面とヴァチカンの風の塔の床に記されていた「天使の文字」は、ドイツ人の修道院長・学者のヨハネス・トリテミウス（一四六二年生、一五一六年没）が作り出したものである。彼の主張によれば、その言語は古代ヘブライ語に由来し、天使との交信の際に使用されるものであるという。マルコ・ポーロの死から百年以上たって生まれたトリテミウスは、暗号や秘密の書記法の技術でも知られている。十五世紀末に書かれた著作『ステガノグラフィア』（「隠された書法」といった意味）は、長年にわたって魔術や呪文を扱ったものであると考えられていたが、ヴィゴー・ヴェローナの言葉を借りれば、実際には「天使研究と暗号解読を複雑に絡ませながら論じた」本だという。十七世紀初めにヴァチカンのある一派が、ユダの菌株の恐るべき秘密を隠すためにこの「天使のアルファベット」を使用したとしても、それほど不思議ではない。

なお、トリテミウスによる天使の文字と、これもトリテミウスの著作中に見られる「テーベのアルファベット」（時に「魔女のアルファベット」とも呼ばれる）とを混同しないように。テーベのアルファベットは魔女崇拝者やオカルト主義者の間で今も使用されている。

Σ

・ねばねばしたもの

海中から発生してクリスマス島に壊滅的な被害をもたらした有毒バクテリアは決して珍しいものではなく、むしろこのような事態が起こる可能性は日に日に高まっていると言える。汚染、森林伐採、魚の乱獲、気候変動などの要因が、バクテリア、藻《そう》類、クラゲといった原始的な生物の増殖と拡散を促し、魚類、珊瑚礁《さんごしょう》、海洋哺乳類、鳥類、さらには人間にまで悪影響を及ぼしている。海はねばねばしたバクテリア類が支配していた五億年前の姿に戻りつつあるのである。それればかりか、こうした原始的な生物の多くが毒を持っている。二〇一一年四月には、カリフォルニア州サンタモニカ沿岸で藻類が大量発生し、発作や麻痺《まひ》を起こしたり口から泡を吹いたりしたアシカやトドが、何頭も浜辺に打ち上げられた。また、イルカやペリカンにも同じ症状が見られた。原因は藻から発生した神経毒で、小魚や貝類が藻を食べ、その小魚などを食べた鳥や哺乳類に影響が現れたのである。人間の場合、体内に入った神経毒が脳を攻撃するため、見当識《けんとうしき》障害、記憶喪失、幻覚などの症状が出る。

陸上ならば安全だとは言い切れない。それから数カ月後の二〇一一年七月、フランスのブルターニュ地方の海岸沿いで数頭のイノシシの死体が発見された。有毒な藻が原因と特定され、海水浴シーズンの最中に浜辺が閉鎖される事態になった。

今のところ、ユダの菌株のような致死性の高い微生物の発生例はないが、このまま地球温暖化が進行すれば、海水でも淡水でも有毒な藻やバクテリアの発生する可能性が高まる。ねばねばした生物の支配する時代が再び訪れるかもしれない。

任務名　ロマの血脈　*The Last Oracle*

日時：九月五日から九月二十九日まで（シグマ③の二カ月後）
主な場所：ウクライナ、ロシア、インド

ワシントンＤＣのナショナルモールで、それもシグマの司令部の目の前で、暗殺事件が発生した。殺害された著名な脳神経学者ドクター・アーチボルド・ポークがシグマの創設に重要な役割を果たした人物だったこともあって、シグマは警戒態勢に入る。ポークの遺体からは高濃度の放射線が検出された。放射線の痕跡をたどって行き着いたスミソニアンの国立自然史博物館では、父親と疎遠になっていたポークの娘エリザベスが、古代ギリシアのデルポイの巫女《みこ》の研究に取り組んでいた。博物館内の遺物の中から奇妙な機器を装着した類人猿のものと思われる頭蓋骨が発見された――その頭蓋骨を奪い取ろうと、銃で武装した男たちが博物館を襲撃する。男たちはシグマのライバルに当たる情報機関の米国国防情報局（ＤＩＡ）に雇われた人間で、その部局長のジョン・マップルソープはある秘密を抱えた超愛国主義者であった。

　グレイ・ピアース、**ジョー・コワルスキ**とともに傭兵たちから逃れたエリザベスは、人間の直観や特殊能力の研究に取りつかれていた父親が、この数年ほどはインドに滞在し、神秘主義者やヨガの行者を調査していたと明かす。その直後、ロマ（ジプシー）の男たちが極めて特殊な能力を持つ少女をシグマへと送り届けた。その少女――サーシャはサヴァン症候群の特徴を示す自閉症児で、外科手術により脳に埋め込まれた増幅器の力で透視能力が人工的に高められていた。サーシャ以外にもそうした特殊な能力を持つ子供たちが存在しているとの事実が判明する。一九五九年からソヴィエトはロマの子供たちを誘拐して科学実験を行なっていたが、その実験が今もなお密かに続けられており、それによって誕生したのがサーシャたちだったのである。ロマの男たちによって解放されたサーシャを、DIAとロシア人のユーリ・ラエフ少佐（サーシャをアメリカへと連れてきた人物）が取り戻そうとする。しかし、埋め込まれた増幅器が原因でサーシャの容態が悪化してしまう。**ドクター・リサ・カミングズ**と**キャット・ブライアント**がサーシャを救おうとする中、少女の描いた謎めいた絵は、キャットの夫**モンク・コッカリス**がまだ生きていることを示唆していた。

　ポークが何を発見したせいで命を奪われたのかを突き止めるため、**ペインター・クロウ**はグレイ、コワルスキ、エリザベスたちをインドに派遣し、ポークの足跡をたどらせる。グレイたちは敵の攻撃を逃れながら、タージ・マハルからニューデリーの繁華街、そしてパンジャブ地方の「不可触賤民《せんみん》」の村へと向かい、そのさらに奥に存在した寺院で、古代から連綿と連なる超能力と巫女の血筋が非公開にまでさかのぼることを突き止める。

　しかし、グレイたちが預言に示された歴史の謎をさらに調査している頃、シグマの司令部はマップルソープ率いる部隊の襲撃を受けていた。ペインター・クロウはサーシャとシグマを守るために決死の戦いを挑むが、上司でもあり師と仰ぐショーン・マクナイトの命が襲撃部隊によって奪われてしまう。

チェルノブイリの原子炉の残骸が巨大な鋼鉄製のドームで密閉される式典に参加するため、アメリカ合衆国大統領を含む世界各国の首脳がウクライナに集まる中、危機が刻一刻と迫っていた。ロシアの政治家ニコライ・ソロコフは、自らと特殊な能力を持つ者たちが率いる新しいロシア帝国を立ち上げるために、非公開を企んでいたのである。ニコライ自身も、ウラル山脈南部の地下工業団地チェリャビンスク88で数十年間にわたって秘密裏に行なわれていた特殊能力者育成計画の産物であった。チェリャビンスク88では、ニコライの仲間の手により、非公開を解き放って世界を変えようという計画が進行していた。

しかし、彼らの計画は記憶を失ったまま地下施設で目を覚ましたモンクによって妨害されることになる。モンクは自分が誰なのか、なぜここにいるのかもわからない状態であったが、特殊な能力を持つ三人の子供と、マータという名の高齢のチンパンジーとともに収容施設を脱出した。ロシア人兵士、オオカミ、獰猛《どうもう》なアムールトラに追われながら、モンクは放射線に汚染された原野を子供たちとともに逃げる。

すべてがチェルノブイリに集結した時、古代のデルポイの預言が現実のものとなる……

・評価

ペインター・クロウにとって、ほかの政府機関との間の揉め事や縄張り争いは珍しいことではない。胃薬が欠かせないのはそのためである。しかし、シグマの司令部がライバル組織に、しかも味方であるはずの機関から襲撃を受けるというのは、前代未聞の出来事であった。シグマの司令部は大きな被害を受け、大々的な改修工事が行なわれることになる（**シグマ⑤**）。一方、ショーン・マクナイトの悲劇的な死によってDARPAのトップが替わることになり、ペインターは友人と直属の上司を同時に失った。

一方で戻ってきた者もいる。モンクはインドネシアで死んだと思われていた（**シグマ③**）ものの、生きていたことが判明する。ただし、無傷での生還というわけにはいかなかった。モンクは過去の任務で左手を失ったが（**シグマ①**）、今回は脳の一部と記憶を失ってしまった。回復には時間がかかり、その道のりは険しいかもしれないが、シグマとキャットにとってモンクが戻ってきたことは何よりもうれしい知らせであった。

コワルスキとエリザベス・ポークとの間に恋心が芽生えるとは、誰一人として予想していなかった。がさつな大男と小柄な人類学者はお似合いのカップルには見えないが、二人は現在も交際を続けている。

ギルドはこの件に一切関与していないが、その存在が忘れられたわけではない。サーシャはグレイに絵を手渡し、「あなたは死ぬわ」と警告した。その絵には**セイチャン**のトレードマークとも言うべき竜のペンダントが描かれていた。サーシャは最後にこう言った。「そいつに気をつけなければいけないのよ！　だから絵を描いてあげたの！」

Σ

・**アメリカのブレーントラスト**

故アーチボルド・ポークもメンバーの一人であった「ジェイソンズ」は、科学や技術の問題に関して米軍にアドバイスを与える組織として、一九六〇年に創設された。民間のエリート科学者で構成され、メンバーは毎年夏になると一堂に会し、六週間にわたってサイバーセキュリティから地球温暖化に至るまで、様々な問題に関して意見を交換したり報告書を作成したりする。また、国防総省の計画や構想の検証や見直しも手がけている。名称の由来は、黄金のヒツジの毛皮を探し求めたギリシア神話の英雄イアソンである。ただし、July（七月）、August（八月）、September（九月）、October（十月）、November（十一月）の頭文字をつなげたもので、報告書の作成にそれだけの時間がかかるからだというジョークも昔から存在する。

ジェイソンズはＤＡＲＰＡの援助を受けていたが、二〇〇二年に新メンバーの選考過程に関して意見が対立し、ＤＡＲＰＡは支援を打ち切った。現在、ジェイソンズは国防次官補研究技術局（元国防研究技術局）から資金援助を受けている。

ジェイソンズの活動のほとんどは機密扱いであるが、最近の研究内容には、宇宙空間の激しい気象条件がアメリカの電力系統に及ぼす影響、高周波数の重力波が国家の安全保障に与える影響（特にないと考えられる）、ＤＮＡシークエンシングが広まることによる社会への影響などがある。老朽化の進むアメリカの核弾頭の寿命をいかにして延ばすべきかについても、ジェイソンズはオバマ大統領に助言している。

シグマフォース創設に際してのジェイソンズの役割は、厳重な機密扱いとなっている。

Σ

・チェルノブイリの今

一九八六年に発生したウクライナのチェルノブイリ原子力発電所の惨事は、二〇一一年に日本の福島第一原子力発電所で起きた事故を上回る、史上最悪の原発事故である。四号炉の爆発と火災により、歴史上で例のない大量の放射性物質が大気中に放出された。汚染は旧ソヴィエト連邦とヨーロッパの大部分に拡散したが、なかでもベラルーシ、ウクライナ、ロシアには深刻な被害が出た。三十万人以上の住民たちが移住を余儀なくされ、その多くは今なお元の家に戻ることができない。かつて四万八千人が暮らしていた近隣の街プリピャチは、一夜にしてゴーストタウンと化した。現在、チェルノブイリから半径三十キロの「立入禁止区域」が設定されているが、驚くべきことにこの「立入禁止区域」に立ち入る観光ツアーがある。

この惨事による放射線は癌の発生率と先天的な欠陥に関連があるとされているが、長期的に見た犠牲者数を予測することは困難で、今も議論の的になっている。惨事の制御と封じ込め、および壊滅的な被害への対応には莫大な費用が必要となり、そのことが後のソヴィエト連邦崩壊の大きな要因になったと考えられている。

原子炉を覆うためにコンクリート製の巨大な石棺《せきかん》が急遽《きゅうきょ》建設されたが、すでに二十五年以上が経過している――しかも、建設当初から二、三十年しかもたないだろうと言われていたのである。老朽化した石棺と原子炉を覆う新しいシェルター「新安全封じ込め施設」の建設が進められているが、想定外の遅れなどにより工事の進捗《しんちょく》状況は順調とは言えない。現在、二〇一五年の夏に完成予定とされている。

あくまでも、予定の話である。

（訳注　最新の予定では、完成は二〇一七年十一月に延期されている）

Σ

・預言の歴史

紀元前八〇〇年頃から西暦四〇〇〇年頃まで千年以上にわたり、「ピュティア」の名でも知られたデルポイの巫女は、王や平民の区別なく、多くの人々に対して時に謎めいた預言を与えた。巫女の言葉を求める者たちは、ギリシアのパルナッソス山の山腹にあるアポロン神殿を訪れ、女性の聖職者が代々受け継いできた巫女に向かって、様々な質問をした。ピュティアは「至聖《しせい》所《じょ》」と呼ばれる巫女の部屋にある床の裂け目から立ち昇る霧（プネウマ）を吸い込むことで、質問の答えを得ることができたと言われている。ハドリアヌス帝やクロイソス王など、歴史上の錚々《そうそう》たる人物が何世紀にもわたって巫女のもとを相談に訪れたが、三九三年にキリスト教徒の皇帝テオドシウス一世の手によって、この異端の神殿は閉鎖された。

　現代の歴史家たちは、かつてはこの神聖な霧の話を単なるおとぎ話にすぎないと見なしていたが、最新の研究によりデルポイは交差する二つの断層の真上に位置していることが判明した。これらの断層から発生した気体が、巫女たちにトランス状態に似た症状を引き起こしていたのではないかとの仮説が立てられているが、この説はまだ立証されるまでに至っていない。シグマの調査では、ピュティアの預言能力は非公開によるとされている。

　ピュティアに未来を占ってもらったアレクサンダー大王は、その預言に激怒して巫女の髪をつかみ、そのまま神殿の外に引きずり出したとの言い伝えが残っている。マギの秘密を追っていた時、シグマはアレクサンダー大王とも接点があった（**シグマ①**）。

　現在、アポロン神殿には建物の残骸しか残っていない。

任務名　ケルトの封印　*The Doomsday Key*

日時：十月八日から十月二十三日まで（シグマ④の一年後）
主な場所：イギリス、イタリア、ノルウェー、フランス

アフリカ西部マリ共和国の実験農場への襲撃、ヴァチカンでの爆発事件、ニュージャージー州プリンストン大学の教授の殺害――この三つにはある不思議な共通点があった。被害者の額に古代のケルトの記号が焼きつけられていたのである。シグマフォースは二つのアプローチからこの謎に取り組むことになる。

レイチェル・ヴェローナ中尉がローマからシグマに助けを求めた。サンピエトロ大聖堂の爆発事件で、おじのモンシニョール・**ヴィゴー・ヴェローナ**が重体となり、必死になってヴィゴーに接触しようとしていた考古学者のマルコ・ジョヴァンニ神父が殺害されたためである。爆発事件を調査したレイチェルは、ジョヴァンニ神父が隠した謎の遺物――ミイラ化した指を発見する。

レイチェルを助けるためにイタリアに到着した**グレイ・ピアース**と**ジョー・コワルスキ**を、**セイチャン**が待ち構えていた。**ギルド**および世界各国の捜査当局から逃げ続けているセイチャ

ンは、ギルドがこの件に強い興味を示していると告げる。グレイたちとともにジョヴァンニ神父の殺害原因を探るセイチャンだが、彼女の行動には不審な点が多い。

この四人から成る奇妙なチームは、遺物を入手しようとするギルドの暗殺者から命を狙われる。ローマのコロッセオでの敵の追跡を逃れた後、四人はジョヴァンニ神父の足跡をたどり始めた。神父は「黒い聖母マリア」の言い伝えと歴史の研究、とりわけ異教信仰と初期キリスト教が重なる地点との関連性を研究しており、その調査は「ドゥームズデイ・ブック」(十一世紀にイングランドで編纂《へんさん》された土地台帳)の記録に示唆されている疫病や、黒い聖母マリアにまつわる呪いと癒《いや》しの秘薬に関する伝説にまで及んでいた。ジョヴァンニ神父の調査を追うグレイたちは、イングランド湖水地方の新石器時代の遺跡(そこには殺傷力を持つ真菌に感染した何百年も前のミイラが泥炭の中に保存されていた)、さらには魔術師マーリンが眠るとされるウェールズのバードジー島へと向かう。バードジー島の地下に隠された墓地は、古代のドルイドたちや、それ以前にこの地を訪れた者たちが使用していた生物兵器を無効化する「鍵」の在り処《か》を指し示していた。

一方、マリで犠牲になった生物学者のジェイソン・ゴーマンは、アメリカ合衆国の有力な上院議員の息子であった。**グレゴリー・メトカーフ**大将は、ジェイソンの殺害について調査するよう**ペインター・クロウ**に命じる。襲撃を受けた時、ジェイソンは同僚とともに新種の遺伝子組み換えトウモロコシの開発に取り組んでいたが、彼は死の間際に父親に宛てて極秘の調査データをメールで送っていた。上院議員はそのデータをかつて息子の指導教官だったドクター・ヘンリー・マロイに転送したのである。**モンク・コッカリス**と新人隊員のジョン・クリードは、マロイ教授から聞き取り調査を行なうために大学へと向かうが、二人が到着した時には教授はすでに惨殺されていた。

シグマはノルウェー有数の実業家イヴァー・カールセンが経営する巨大バイオテクノロジー企業ヴィアタス・インターナショナルに注目する。カールセンがホスト役を務めるユネスコの世界食糧サミットの開催が迫る中、ペインター、モンク、クリードの三人はカールセンから聞き取り調査を行なうためにノルウェーのオスロにあるアーケシュフース城に赴くが、現地でクリスタ・マグヌッセン率いるギルドの暗殺チームに襲われる。美しい女性遺伝学者のクリスタは、ギルドの指示を受けてヴィアタスに潜入していた人物であった。クリスタは「エシェロン」と呼ばれるギルドの上層部のほか、セイチャンとも連絡を取り続ける。

スヴァールバル諸島の世界種子貯蔵庫へと移動したカールセンの後を追うペインターたちは、カールセンが非公開によって世界の総人口を減少させる複数の計画を進めていたものの、ギルドによって主導権を奪われ、いいように操られていたことを知る。エシェロンによってもはや利用価値なしと判断されたカールセンを消すため、クリスタと彼女の部下たちは世界種子貯蔵庫を攻撃する。クリスタもまた、グレイたちの探し求める「ドゥームズデイ・ブックの鍵」を手に入れようとしていた。

この鍵――非公開の治療薬を巡る争いは、フランスのクレルヴォーにある中世の修道院を改造した重犯罪者用の刑務所に場所を移す。その地下に眠る非公開の墓の中にある秘密を手に入れるため、シグマとギルドは再び相まみえることになった。

・評価

メトカーフ大将がＤＡＲＰＡの新長官に就任し、ペインターは**ショーン・マクナイト**が長官であった時と比べて、シグマの自由度が少なくなったと感じるようになる。それでも、ペインターは何とか新しい上司と協力しながら今回の危機を解決しようと努め、メトカーフを説得して自ら現場に赴く。ペインターが不在の間、シグマの司令部は**キャット・ブライアント**が統括した。

一年間の療養生活およびデスクワークを経て、モンクが実戦の任務に復帰した。実際のところ、ペインターもキャットも、ロシアで凄惨《せいさん》な経験（**シグマ④**）をした彼が実戦の任務に就くのは時期尚早《しょうそう》だと考えていたが、モンクはまだ記憶に欠落が残っている状態であるにもかかわらず、十二分に任務を遂行した。一方、グレイはレイチェルとセイチャンという二人の女性の狭間《はざま》で任務に就かなくてはならず、いつも以上に緊張を強いられた。レイチェルとセイチャンは、ともに危うく命を失いそうになる。

古代に起源を持つ生物兵器を手に入れるため、ギルドは二年続けて兵力を動員した（**シグマ**

③、**シグマ**⑤）。しかし、結果的にエシェロンの一人の正体が露呈し、ギルドの謎の上層部の印である刺青までもが明らかになってしまう。非公開のシンボルの意味や、ギルドの最終目的および起源に関しては、この時点では不明のままである。今回は非公開がエシェロンだと判明しただけに終わったが、シグマが次にギルドと対峙した時、さらなる情報が明らかになる（**シグマ**⑥）。

・スイスにあるローマクラブ

イヴァー・カールセンの所属していたローマクラブは、科学者、経済学者、実業界のリーダー、政府高官、過去や現在の国家主席などから成る国際的なネットワークである。著名人のメンバーとしては、ミハイル・ゴルバチョフ氏やオランダのベアトリクス女王らの名前がある。一九六八年にローマのある別荘で設立されたことから、この名称が付けられた。現在、本部はスイスのヴィンタートゥールに置かれている。

ローマクラブが知られるようになったのは、一九七二年の報告書 *The Limited to Growth*（邦訳『成長の限界』〔ダイヤモンド社〕）によってである。無秩序な人口増加と限りある資源について検証したこの報告書は、大きな注目を集めると同時に物議を醸した。最近の研究には、この報告書の結論と予測を裏付けるものが多い。

ローマクラブの最新の報告書 *2052: A Global Forecast for the Next Forty Years*（『２０５２

今後40年のグローバル予測』（日経ＢＰ社）は、目先の利益ばかりを求めるのではなく、消費を減らすと同時に、長期的な視点での問題解決へのアプローチを作成する方法を見出さなければ、人類は生き残れないかもしれないと警告し、世界はより持続可能な未来へと向けて歩むべきだとしている。より詳しい情報はローマクラブのウェブサイト（http://www.clubofrome.org）を参照のこと。

カールセンとは違い、ローマクラブとギルドとの間に関係はない。

Σ

・死と税金

ジョヴァンニ神父を死に導くことになってしまった「ドゥームズデイ・ブック（Domesday Book、土地台帳）」は、十一世紀に征服王ウィリアムの勅命《ちょくめい》により編纂されたイングランドおよびウェールズの詳細な記録で、徴税用に王国内の資産（土地、家畜など）を評価することが目的であった。しかし、そのあまりにも厳密な調査が最後の審判を思わせることから、やがて「Doomsday Book（終末の日の書）」として知られるようになった。羊皮紙に書かれた原本はイギリス国立公文書館に収蔵されており、十一世紀のイングランドの生活を極めて詳細に記録した貴重な歴史資料と見なされている。オンライン版は閲覧や検索が可能である。

ジョヴァンニ神父も気づいたように、一部の地域については「荒廃した」と記されている。そうした地区の大半は、国王ウィリアムによる征服戦争の結果として荒廃したと一般に考えられているが、シグマはそのうちの数カ所の荒廃原因が非公開によるものであることを発見した。

Σ

・氷に閉じ込められた未来

ギルドが自分たちの痕跡を消すため非公開による攻撃を試みたスヴァールバル世界種子貯蔵庫は、北極点から千二百キロと離れていないノルウェー領スピッツベルゲン島の地下深くにある。永久凍土を爆破して作ったこの施設には、世界各地からの種子サンプルが保管されており、地球上の生物多様性を保護するための究極の策と言われている。世界のほかの地域で、戦争、暴動、自然災害など、どんな事態が起きたとしても、種子を保存・保護できるように造られている。施設内には氷点下十八度に保たれた三つの貯蔵庫があり、最大で四千五百万の種子サンプルが収蔵可能である。この隔絶された島は地質的に安定した地域にあり、永久凍土に覆われているほか、海抜が高いので地球温暖化による海面上昇で水没するおそれもない。現在、貯蔵庫内には五十万以上の種子サンプルが保管されており、サンプルには一袋当たり平均して五百粒の種子が収められている。保管には穀物の種子が優先されている。

施設の運用開始は二〇〇八年。新たな種子は続々と送られてきており、ポルトガル、コスタリカ、ザンビア、アゼルバイジャン、コロンビアなどからも届いている。二〇一〇年には、アメリカの上院議員七名がアメリカ原産のトウガラシ各種を貯蔵庫に持参した。食べると体中が熱くなるようなからさだが、氷が融ける心配はない。

ギルドによる破壊工作はあったものの、貯蔵庫は現在も貴重な種子のサンプルの保管を続けている。世界的な飢饉《ききん》が発生し、それらの種子が必要となるような事態にならないことを切に願う。

任務名　セイチャンの首輪　*The Skeleton Key*

日時：不明（シグマ⑥の直前）
主な場所：フランス

ギルドの指導者の正体を暴くため、単身パリで調査を行なっていた**セイチャン**は、ギルドと関係のある著名な歴史学者ドクター・クロード・ボープレと接触する。しかし、終末思想のカルト教団「太陽寺院」から息子のガブリエルを救出するように強要される。太陽寺院の教祖リュック・ヴェナールもギルドの工作員の一人で、独自の野望を抱いていた。セイチャンとともに救出任務に巻き込まれたのはスコットランド人の十代の少年レニー・マクラウドで、彼のガールフレンドであるタトゥーアーティストのジョリエンヌも太陽寺院に誘拐されており、生贄《いけにえ》として捧げられるおそれがあった。

レニーはパリ市街の地下にある広大なカタコンブを探検する「カタフィル」の一人で、地下納骨堂に関する知識は刺青の地図として彼の背中に記録されていた。首に固定された輪を通じて与えられる電気ショックで脅迫されたセイチャンとレニーは、太陽寺院の地下拠点を発見し、潜入しなければならない――教団が光の都パリの半分を死の都へと変貌させる粛清《しゅくせい》計画を実行に移す前に。

・評価

厳密にはシグマの立てた作戦ではないものの、パリでのセイチャンの単独任務がもたらしたギルドの情報は、彼女自身およびシグマフォースにとって極めて重要であった。息子の解放と引き換えに、ボープレはアメリカの歴史におけるギルドの起源に関連した様々なファイル、メモ、歴史文書などをセイチャンに提供した。非公開の国璽《こくじ》や非公開の手書きの書簡《しょかん》などを含むこの資料は、後に**グレイ・ピアース**と**シグマ**に手渡されることになる（**シグマ⑥**）。

太陽寺院のような過激なカルト教団をギルドが利用しようとしていることに、セイチャンは気づいていた。また、組織内部で大きな騒動が持ち上がり、何らかの動きがあることも感じ取っていた。このような騒動が起きた時には接触相手や関係者が動揺し、えてして鍵のかかった扉が一時的に開く。優秀な工作員はその隙に乗じて、通常はベールに包まれている秘密を垣間見ることができるのである。

Σ

・実在した終末思想のカルト教団

太陽寺院の凄惨《せいさん》な歴史については、その多くが公の記録として残っている。一九八四年に創設されたこのカルト教団は、一九九〇年代半ばの複数の集団自殺に関与しており、木製の杭《くい》で赤ん坊を突き刺して殺したこともある。カナダ、フランス、スイスで合計七十四人が殺害されたり自殺したりしている。信者の多くは裕福で社会的な地位もあったが、この世の終わりが近づいているとの教えを真に受け、死はほかの惑星での新しい人生に通じると信じていた。最盛期には四百人から六百人の信者を抱えていたとされるが、殺害事件や集団自殺を引き起こした頃には信者の数が減少し始めていた。創設者のリュック・ジュレとジョセフ・ディ・マンブロも、信者とともに命を絶っている。

太陽寺院はテンプル騎士団の直系であると主張し、ジュレは自らを騎士団の創設団員の生まれ変わりと名乗っていた。しかし、それが信者を取り込むための途方もない作り話にすぎなかったと証明することはできない。太陽寺院はすでに解散したとされているが、セイチャンの調査の結果、完全に消滅したわけではないことが明らかになった。

Σ

・光の都の地下に

一七八六年までにパリの墓地不足は深刻な状態に陥っており、健康および衛生上の問題が叫ばれるようになったため、パリ市民の遺体の新たな埋葬場所を見つける必要が生じた。幸運なことに、一部はローマ帝国時代にまでさかのぼる古い石灰岩の採石場が、パリ市の郊外に何百キロにもわたって延びていた。国王ルイ十六世は遺骨を採石場のトンネルに移すように命じ、その後二年間をかけて作業が行なわれた。約六百万人分もの遺骨が、後に「カタコンブ」として知られるようになる地下へと移され、現在に至っている。

カタコンブの一部は観光客に公開されているが、地下に迷路のように延びるトンネルの大部分は立入禁止になっている。しかし、そうした当局の指示にもかかわらず、熱心な「カタフィル（カタコンブ愛好家）」たちは一九七〇年代から何十年にもわたり、トンネル内を探検して地図を作成したり、地下でパーティーを開いたりしている。地下をパトロールする警官の目を逃れながらカタコンブで花開いたこのサブカルチャーは、第二次世界大戦中のフランスのレジスタンス運動を思わせる。トンネルの壁を飾るのは人骨だけでなく、フランス革命当時から現在に至るまでの落書きも見られる。

古い採石場はかつてはパリ市の郊外に位置していたが、やがて市街地が地下トンネルの上にまで広がり、現在ではトンネルや空洞の上に街が築かれてしまっている。そのため、トンネルが崩落して地上の建物がのみ込まれるといった悲劇も時に発生している。そうした被害の最初の事例は、旧採石場が死者の都となる十年以上前の一七七四年のことであった。一九六一年にも崩落により二十一名の犠牲者が出ている。現在、地下道総合管理局（ＩＧＣ）が定期的に検査と補強を実施しているが、パリ市民の多くが六百万の人口を抱えるカタコンブの新たな住人とならずにすんだのは、セイチャンのおかげである。

任務名　ジェファーソンの密約　*The Devil Colony*

日時：五月十八日から六月八日まで（シグマ⑤から約八カ月後）
主な場所：アメリカ、日本、アイスランド

アメリカ先住民の間に、ロッキー山脈中の洞窟に侵入した人が外に出れば、世界は終わりを迎えるという言い伝えがある。現地の洞窟で行なわれた考古学調査の結果、白い肌のミイラ、文字が刻まれた金の板、金で覆われたスミロドンの頭蓋骨などの遺物が発見されたことで、その言い伝えを一笑に付すわけにはいかない事態が起きる。しかも、発掘調査によって大量の古代のナノマシンが解き放たれた結果、周囲の大地が分解し、火山の噴火を誘発してしまった。この事件をきっかけに、謎の「デビルコロニー」の失われた秘密を巡る二百年前の争いが再び始まることになる。

ペインター・クロウの姪に当たるアメリカ先住民の少女カイ・クォチーツは、発見現場に居合わせたために、**ギルド**の追跡の的となる。ギルドは何百年も前から、この古代の科学技術を追い求めていたのである。**ジョー・コワルスキ**およびシグマの地質学者ロナルド・チンとともに、ペインターはカイの救出と進行中の危機への対処のためにユタ州へと飛んだ。彼らはアメリカ先住民の歴史学者・博物学者のヘンリー・カノシュ教授と合流し、謎の部族「白いインディアン」の伝説を追う。「白いインディアン」は「明けの明星の人々（トートシーアントソー・プートシーヴ）」とも呼ばれ、極めて危険な秘密の知識を有していたと考えられている。また、彼らは紀元前六〇〇年頃に北アメリカへ渡ってきたとモルモン書に記されているイスラエルの失われた支族の一つ「ニーファイ人」である可能性もあった。

この禁じられた秘密を、フランスの貴族でギルドの上級工作員でもあるラファエル・サンジェルマンも追っていた。ラファエルと彼の率いる傭兵は、ペインターやカイたちを追ってユタ州からアリゾナ州へと移動する。アリゾナ州では長い間埋もれていた遺跡から、古代アメリカ先住民の文化を牽引《けんいん》したアナサジ族がトートシーアントソー・プートシーヴの秘密を盗み出し、そのために滅ぼされた可能性が明らかになった。

一方、**グレイ・ピアース**、**モンク・コッカリス**、**セイチャン**の三人は、「ルイスとクラークの探検」で知られる伝説的な探検家メリウェザー・ルイスと、ルイスの探検に密かに同行していた十八世紀のフランス人科学者アルシャール・フォルテスキューが残した歴史的な道筋をたどっていた。ルイスとフォルテスキューの二人は、トーマス・ジェファーソンの依頼を受け、トートシーアントソー・プートシーヴが持つ秘密を恐るべき「敵」——ギルドと思われる組織から守るために行動していたらしい。その秘密はアメリカ先住民による十四番目の植民地を設立するというジェファーソンの構想と関係しており、実現には至らなかった植民地の場所はトートシーアントソー・プートシーヴの失われた都市の周辺が予定されていた。フォルテスキューの旅路をたどってアイスランド沖合の火山島に渡ったグレイのチームは、島でギルドのチームと争い、激しい非公開のために危うく命を落としそうになる。帰国後、グレイたちはフォート・ノックスの米国金塊保管所へと向かい、そこでジェファーソンが二百年前に隠した金の地図を発見する。その地図はイエローストーン国立公園を指し示していた。グレイたちはなおも手がかりを求めてメリウェザー・ルイスの墓を掘り起こす。ルイスは一八〇九年に殺害されたが、その実行犯はギルドの工作員かもしれなかった。

その間、日本の神岡宇宙素粒子研究施設では、ロッキー山脈中の荒らされた洞窟からのニュートリノの大量放出を観測していた。ユタ州での放出がアイスランドやイエローストーンなど世界各地でのニュートリノの放出を誘発し、この連鎖反応によって非公開が起きれば、人類絶滅の可能性があると判明する。残り時間が刻一刻と少なくなる中、「デビルコロニー」の所在地を発見するため、シグマフォースは不本意ながらもギルドと手を組むことになる。発見が間に合わなければ、先住民の言い伝えの通り、世界は終わりを迎えてしまう……

・評価

今回の任務はシグマの隊員に個人的な影響を及ぼすことになった。ペインターは姪との絆を再確認する。モンクとキャットの夫婦も、危険な目に遭いながら第二子となる娘のハリエットを出産したが、このことがきっかけでモンクはシグマフォースを辞職しようと考えるようになる。グレイも身近な人間を失い、その喪失感からセイチャンとの距離が縮まる――ただし、それが一時的なものなのかどうかはわからない。

大きな問題に目を向けると、ギルドという組織の全貌が次第に明らかになり始めた。上級エシェロンに所属していたラファエルは、現在のギルドが「真の血筋」という名の何千年もの歴史を持つ一族によって率いられていることを明かす。力を維持するために、この古代から連綿と続く一族は、三つの階級に分かれるエシェロンの中から若い一族を取り込んでいるというのだ。フリーメイソンやテンプル騎士団との関連を示す刺青が、エシェロンに属する人間の階級を表している。また、この有力な一族は「星の一族」の名でも知られているらしい。ラファエルの言葉を借りると、ギルドは「秘密結社の中でも秘密とされる存在」とのことである。

その「秘密とされる存在」が、アメリカの建国と密接に関係していた。グレイとセイチャンによって暴かれた歴史的な証拠によると、真の血筋はアメリカが十三の州で建国された直後から存在しており、その有力な一族が奴隷貿易を通じて強い影響力を持つに至ったため、彼らを力で排除しようと試みれば独立間もない国家が分裂する危険すらあったという。これこそが二百年前にジェファーソンが戦っていた「敵」であった。ペインターはその一族が今では非公開と名乗っていることを突き止める。

トートシーアントソー・プートシーヴの起源に関しては今なおはっきりしないが、古代エジプトにまでさかのぼるシャーマンやマギの一派ではないかと考えられている。マギについては、シグマがこの数年前にも調査を行なっている（シグマ①）。今回のマギとかつてのマギは同じものなのであろうか？　エジプトとの関連性を示す証拠などを見るとその可能性はありそうだが、現時点では明確な結論を出すまでには至っていない。

Σ

・偉大な探検家の不可解な死

メリウェザー・ルイス（一七七四年生、一八〇九年没）はアメリカ西部の開拓に貢献した人物であるが、有名な探検からわずか三年後に謎の死を遂げている。一八〇三年、トーマス・ジェファーソン大統領の依頼を受けたルイスは、同じヴァージニア州生まれのウィリアム・クラークとともに、イリノイ州から太平洋岸へと向かう歴史的な大陸横断の探検に出発する。ルイスとクラークによる探検は、北米大陸の植物相、動物相、地理、アメリカ先住民の人々などに関する膨大な情報をもたらした。大陸横断の旅は、帰路を含めて二年四カ月と十日を要した。

この功績を評価されて、ルイスはルイジアナ領の統治者に任命されたが、政敵や予算の問題のため苦しい運営を強いられる。一八〇九年、ワシントンＤＣへと向かう途中、ルイスは道路沿いの宿屋「グラインダーズ・スタンド」に宿泊した。現在のテネシー州に当たる場所である。

深夜、宿屋に銃声が響き渡り、翌朝になって頭部と腹部を撃たれたルイスが発見された。三十五歳のルイスは、血まみれになったバッファローの毛皮のローブの上で息を引き取った（それから二百年以上たった後、そのバッファローの毛皮がシグマフォースによる「デビルコロニー」の捜索に重要な役割を果たすことになる）。

ルイスの死に関しては現在でも様々な説がある。ジェファーソンとクラーク、さらには多くの歴史学者たちは、精神を病んでいたルイスが自殺したと信じていたが、一八四八年に墓から掘り返された遺体を調べた医師は、何らかの理由で殺害されたものと結論づけている。シグマの調査結果では、ルイスが非公開のためにギルドの工作員の手で暗殺されたと見ている。

ルイスはグラインダーズ・スタンドからほど近いナチェズトレイス・パークウェイ沿いに埋葬された。現在はその場所に記念碑がある。ルイスの死因究明のために遺体を掘り起こしたいとの申請が何度か出されているものの、いずれも国立公園局から却下されている。

グレイ・ピアースが墓を掘り返す許可を申請しなかったのは言うまでもない。

Σ

・アナサジ族とは何者なのか？　彼らはどこからやってきたのか？

我々が「アナサジ族」と呼ぶ古代アメリカ先住民は、現在のアメリカ合衆国南西部の、ユタ州、アリゾナ州、ニューメキシコ州、コロラド州の州境が交わる「フォー・コーナーズ」の周辺で生活していた。「アナサジ」とはナバホ語で「昔の者たち」あるいは「昔の敵」を意味する。一九二七年に考古学者たちがアナサジと命名したが、プエブロ族の先住民の一部は「古代プエブロ人」の名称を好んで用いる。アナサジ族の使用していた言語は歴史の流れの中で失われてしまったため、彼らがどのように自称していたのかは不明である。

　アナサジ族の文化はコロンブスがアメリカ大陸に到達するよりも何百年も前の、西暦九〇〇年から一三〇〇年頃にかけて最盛期を迎え、巨大な岩窟《がんくつ》住居で最もよく知られている。ニューメキシコ州のチャコ・キャニオンやコロラド州のメサ・ヴェルデには住居跡の遺跡が存在するが、彼らはそうした居住地から忽然《こつぜん》と姿を消したことでも有名である。遺跡には精巧な陶器や籠細工なども残されている。十六世紀に入ってスペイン人が訪れた時、すでに遺跡には居住者がおらず、かつて「昔の敵」が支配していた土地にはナバホ族が暮らしていた。

　アナサジ族が「消えた」理由はいまだに明らかにされていない。気候変動や長引く旱魃《かんばつ》のため、温暖な気候を求めて移住したのではないかとの説がある。また、暴動、戦争、宗教的な争い、さらには食人と思われる痕跡も残されている。ホピやズニなど現代のプエブロ族の多くは、アナサジ族を自分たちの祖先と見なしている。

　しかし、アナサジ族が住居や土地を離れ、二度と戻らなかったのにはほかに理由があったのだろうか？　シグマの調査によると、アナサジ族は非公開によって自らに災いをもたらしたことが明らかになった。

Σ

・ミクロよりも小さな世界

一ナノメートルとは十億分の一メートルの長さで、人間の髪の毛の直径の約十万分の一に相当する。「ナノテクノロジー」とは、大ざっぱに言うと原子や分子のレベルでの工学技術および製造技術である。この「新」技術は将来的に極めて大きな可能性を秘めている一方で、危険もはらんでいるとされる。

まずはプラスの面を考えていこう。ナノテクノロジーは製造技術、医学、情報工学、エネルギー生産などの分野で新たな可能性を切り開いている。直径わずか一ナノメートルのカーボンナノチューブをはじめとするナノ物質は、野球のバットやオートバイのヘルメットの強度と耐久性を高め、軽量化を図るために採用されている。ナノテクノロジーを取り入れた廉価《れんか》で効率のよいソーラーパネルも実用化されている。医療分野では、損傷を受けた脊髄《せきずい》の修復にナノテクノロジーを使用する取り組みが始まっている。将来的には、家庭内のほぼすべての製品が分子一つ一つの単位から製造される時代が訪れるかもしれない。

ナノテクノロジーの新たな驚くべき応用先は、毎日のように発見されている。例えば、ヨーロッパの科学者たちは、氷河で発見された五千三百年前のミイラから血球を検出する際にナノテクノロジーを利用した。これは世界最古の人間の血液の痕跡である（シグマフォースもこのニュースに関心を寄せていることであろう）。

その一方で、ナノテクノロジーには危険もある。カーボンナノチューブなどの物質の毒性に対してすでに懸念の声があがっているほか、ナノテクノロジーを用いれば恐ろしい新兵器や監視装置を製造することも理論的には可能である。環境への脅威という問題も存在する。想定される最悪の事態としては、制御不能になった自己複製可能なナノマシンの群れが、接触した物質のすべてを分解し、ついには惑星までも破壊してしまうということが考えられる。そのような事態に陥る可能性は極めて低いが、シグマフォースが目の当たりにしたように、絶対にありえないとは言い切れない。

ナノテクノロジーは成長著しい分野である。二〇〇〇年にアメリカ政府は、「統制の取れた研究・開発計画を通じて、公共の利益のためにナノレベルの科学と技術を発見・開発・採用すること」を目的とした国家ナノテクノロジー・イニシアティブ（ＮＮＩ）を立ち上げた。ＮＮＩには多くの連邦機関が参画しており、ＤＡＲＰＡもそのうちの一つである。二〇一三年にはＮＮＩに対して十八億ドルの政府予算が割り当てられた。ヨーロッパやアジアなど世界各地でも、国を挙げての同様の計画が始まっている。

詳しくは http://www.nano.gov を参照してほしい。

ナノテクノロジーは現代の新しい技術であると考えられているが、必ずしもそうとは断言できない。十三世紀から十八世紀にかけて製造されていた「ダマスカス鋼《こう》」を用いた刀剣からは、カーボンナノチューブが発見されている――ダマスカス鋼が並外れた強度と切れ味を持っていたのは、そのためだと考えられている。ダマスカス鋼の正確な製造工程は何世紀も前に失われてしまったが、それは現代のナノテクノロジーが発明される――あるいは、再発明されるはるか昔のことなのである。

任務名　タッカーの相棒　*Tracker*

日時：三月四日（シグマ⑦の約四カ月前）
主な場所：ハンガリー

ブダペストのカフェのオープンテラスに座っていたタッカー・ウェインと相棒のケイン（マリノア種のベルジアン・シェパード）は、三位一体広場を急ぎ足で横切る女性を発見した。軍隊経験のあるタッカーは、普通の人では気づかないような異常を察知する――女性はその場に似つかわしくないし、何者かに追われているようだ。女性がマーチャーシュ聖堂の中に入ると、タッカーとケインは後を追い、その女性――アリザ・バータを追っ手から救うことになる。ロンドン在住のアリザは、ブダペスト・ユダヤ教大学の教授である父親と会うためにブダペストを訪れていた。アリザの父親は第二次世界大戦中に行方不明となった九千二百万ドル分の金塊の在り処を突き止めたらしい。教授の行方を追う二人と一頭は、古いユダヤ人墓地で衝撃の事実を知る。

・**評価**

軍隊経験のあるタッカーと彼の指示に忠実に従うケインは、シグマフォースの隊員にふさわしい資質を備えている。

Σ

・**歴史的財宝と資産の盗難**

第二次世界大戦中、ナチは数え切れないほどの遺物、絵画、彫刻、銀行口座を没収した。侵略した国では略奪を繰り返し、金塊を奪っては軍資金に回していた。盗まれた金塊の総額は二億ドルとも五億ドルとも言われている。一部の遺物や美術品は後に発見されたものの、大量の金塊の在り処は今なお不明のままである。

Σ

・**失われたユダヤ人墓地**

一八七四年に開設されたケレペシ墓地は、一八四七年に完成したブダペストの巨大な新公共墓地内のユダヤ人用墓地である。一九〇八年、建築家ライタ・ベーラの設計による城を模した入口が建設された。入口の建物には管理人用の小屋も含まれていた。その後、墓地のこの一角は訪れる人もなくなり、最近まで草木の生い茂るままになっていたが、今では詩人のヨーゼフ・キシュをはじめとする著名なユダヤ人の墓の周囲が整備されている。

任務名　ギルドの系譜　*Bloodline*

日時：六月三十日から七月十二日まで（シグマ⑥の一カ月後）
主な場所：アメリカ、ソマリア、ドバイ、ザンジバル

一一三四年夏、テンプル騎士団の騎士が、モーゼ、ダヴィデ王、イエス・キリストが手にしたとされる杖《つえ》「バチャル・イス」を発見した。

時は現在に移り、アマンダという名の若い妊娠中の女性と夫のマックが隠れていたクルーザーを、ソマリアの海賊が襲撃する。海賊はアマンダ以外の全員を殺害し、間もなく生まれる予定の彼女の赤ん坊が望みだと告げる。その理由は**非公開**のためであった。アメリカ合衆国のジェームズ・T・ギャント大統領の要請により、**グレイ・ピアース**はアルツハイマー病を患う父のもとを離れ、救出作戦に参加する。グレイと**ジョー・コワルスキ**、**セイチャン**のチームは、アマンダ救出のため、元陸軍レンジャー部隊所属の**タッカー・ウェイン**と、彼の相棒であったマリノア種のベルジアン・シェパードの**ケイン**を仲間に加える。実はアマンダは大統領の娘であった。しかし、**ペインター・クロウ**が**ギルド**の「真の血筋」の正体をつかんだことで、問題はより複雑なものとなる。ペインターの手にした証拠はギャント一族が真の血筋であることを

示していたため、ペインターは大統領本人がギルドの作戦にどこまで関与しているのかに関して難しい判断を迫られる。

シグマの隊員たちはアマンダの行方を追ってソマリア山中の医療施設へと向かう。そこでは誘拐犯たちがアマンダの赤ん坊の分娩を計画していた。しかし、グレイたちはまるで行動が敵に読まれているかのように、次々と攻撃を受ける。ようやくアマンダが監禁されていた場所へたどり着いたものの、そこで発見したのは非公開であった。グレイからあるメッセージを受け取ったペインターは、誰がギルドの一味なのかを見極めるまで、その内容を秘密にしておかなければならないと心に決める。

アマンダ救出作戦が進行する一方で、**キャット・ブライアント**は**リサ・カミングズ**とともに、サウスカロライナ州チャールストンの不妊クリニックに潜入する。だが、二人はとらえられ、囚人に対して恐ろしい実験が行なわれている施設「ロッジ」へと送られてしまう。キャットとリサは自分たちの任務とアマンダの誘拐との驚くべき関係を知る。

グレイのチームはリサのかつての恋人ジャック・カークランドの協力を得て、ギルドの拠点があると思われる島に乗り込んだ。ちょうどその頃、ペインターはシグマの閉鎖が決定したとの知らせを受ける。隊員たちを任務から呼び戻さなければならなくなったペインターは、ギルドが勝利を手にしたという現実を悟る……

・評価

隊員たちはシグマの一員としての活動が終わりを迎えたらしいとの事実に直面することになる。ペインターはギルドを牛耳る人物の正体を知る。アルツハイマー病の進行と闘う父を抱えたグレイは、セイチャンに対する自分の本当の気持ちを意識し始める。妻のキャットを救うため、モンクは実戦の任務に復帰する。そして不死への鍵は、大統領の娘のアマンダの中にあった。

真の血筋とギルドは、政府の上層部にまで食い込んでいたことが明らかになる。シグマフォースは優秀な隊員の集まりであるが、それほどまで大きな力を持つ敵に打ち勝つことができるのであろうか？　隊員たちのために、ペインターは大きな犠牲を強いられる。ギルドの首謀者を倒すことができたとしても、彼らを本当に滅ぼすことはできるのであろうか？

Σ

・テンプル騎士団の伝説とバチャル・イス

テンプル騎士団は血縁と婚姻で結ばれた九人の騎士の集まりとして産声《うぶごえ》をあげた。一三〇七年十月十三日の金曜日、フランス国王とローマ法王が解散を命じ、騎士団の歴史は幕を閉じた。しかし、騎士団が今もなお存続し、秘密裏に活動を続けているとの噂は絶えない。最初の九人の騎士のうち八人の名前については記録が残されているが、残る一人の名前は謎のままである。『ダブリン歴史記録集』の一九四三年六月—八月号には、「クレルヴォーの修道院長聖ベルナルドゥスは、一一四八年から五二年の間に書かれたアーマーの大司教聖マラキの生涯に関する文書の中で、聖パトリックの杖について次のように詳しく記している。『杖は金で覆われ、非常に高価な宝石で装飾されていた。彼らはそれを〈イエスの杖〉と呼んだ。なぜなら、イエス自らがその杖を握り、使用していたからだ（それを裏付ける証拠もある）』」とある。言い伝えでは、聖パトリックが地中海のとある島で、世捨て人からこの杖を受け取ったとされる。その世捨て人は、杖を聖パトリックに渡すようキリスト本人から指示されたという。

この杖「バチャル・イス」は、後にダブリンのクライストチャーチ大聖堂に移された。金と宝石の装飾は一五二八年に取り外され、杖そのものはブラウン大司教の命令で燃やされた。迷信的な遺物にすぎないというのがその理由である。ギルドに関する調査を進める中で、ペインターは九人目の騎士の子孫が「真の血筋」の最後の生き残りの**非公開**であることを知る。

Σ

・永遠の命は可能か？

『タイム』誌の二〇一一年二月二十一日号にレヴ・グロスマンが寄せた記事には、「二〇四五年、人間が不死になる」とのタイトルが付けられていた。コンピューターの処理能力が上がり続ければ、かつて科学者たちがヒトゲノムの解析に成功したように、人間の脳の地図も作成できるようになる。記事中で紹介されていた科学者レイモンド・カーツワイルによると、二〇二〇年代末までには脳が「リバースエンジニアリング」されるという。そうなれば、すぐに人工知能が誕生する。脳の中身を機械へとスキャンできる時代が訪れるのである。その場合、魂はどこに存在するのであろうか？　意識がほかの形態に移っても、それまでと変わらない自分だと言えるのであろうか？

肉体的な衰えを元に戻すことができたらどうなるだろうか？　細胞の老化は染色体の末端の繰り返し配列を持つＤＮＡ「テロメア」によって制御されており、このテロメアが染色体を劣化から保護している。細胞が分裂するたびにテロメアは短くなり、その細胞は死に近づく。テロメアはテロメラーゼという酵素が活性化することで伸長する。通常の細胞ではテロメラーゼの活性は低いが、癌細胞の増殖はテロメラーゼの活性化が一因であると見なされている。ハーヴァード大学医学部のダナ・ファーバー癌研究所の研究では、テロメラーゼが実験用ラットの若返りに使用可能であると実証された。ナノサイズのロボットを使用するナノテクノロジーも、病気や細胞の損傷への治療に有効なことが判明している。

もちろん、長寿の家系が存在するのも事実で、これには遺伝的要素が関係していると見られる。アマンダの子供は特殊な何かを受け継いでいたのかもしれない。

不死の人間は我々の中にすでに存在しているのであろうか？　科学的事実の通りであるならば、老化とは無縁の世界がやがて実現するかもしれない。しかし、それは「生きている」と言えるのであろうか？　詳しくは『タイム』誌の記事を参照してほしい（http://www.time.com/time/magazine/article/0,9171,2048299,00.html）。

Σ

・大統領と七月四日

アメリカ合衆国が誕生した七月四日と三人の大統領との間には、奇妙な偶然が存在する。一八二六年七月四日、独立宣言の署名から五十年目に当たるこの日、第二代大統領のジョン・アダムズと、第三代大統領のトーマス・ジェファーソンの二人が死去した。ジョン・アダムズの最後の言葉は「トーマス・ジェファーソンはまだ生きている」であった。アダムズには知らされていなかったが、ジェファーソンはその日の朝、アダムズより先に息を引き取っている。

その五年後、第五代大統領のジェームズ・モンローが七月四日に死去した。グレイ・ピアース隊長がギルドの指示に従っていれば、四人目の大統領が七月四日に命を落とすところであった。

5 未来に向かって

ペインター・クロウが隊員として加わって以降、シグマフォースは多くの変化を経てきた。司令官が交替し、隊員が入れ替わり、最新あるいは古代の科学的な謎や脅威からアメリカと世界を守るために密かに活動している人々の生活が劇的に変わった。シグマの政治的な地位は上昇と下降を繰り返し、ギルドという宿敵も勢力を伸ばした。しかし、シグマの任務目標——「発見者であれ」が変わることはない。ギルドとの最終決戦から立ち直ることができれば、シグマが対応できない敵や状況は存在しないはずである。

訳者あとがき

ジェームズ・ロリンズの「シグマフォース・シリーズ」は、二〇〇四年の *Sandstorm* から二〇一四年の *The 6th Extinction* に至るまで、アメリカで十作を数える人気シリーズである。邦訳作品も、シリーズ⓪『ウバールの悪魔』から二〇一五年四月のシリーズ⑦『ギルドの系譜』まで、八作が出版されていて、九作目となるシリーズ⑧『チンギスの陵墓』が本書と同時に刊行されている。

実在の組織である国防高等研究計画局（ＤＡＲＰＡ）傘下の、架空の秘密特殊部隊シグマフォースが世界規模にわたって活躍する姿を描いたストーリーは、歴史的事実と科学的事実がふんだんに盛り込まれており、スピード感とアクションにあふれ、読者をひきつけてやまない。主人公のグレイ・ピアースをはじめとするシグマフォースの隊員たち、および敵も含めたそのほかの登場人物も魅力的で、作品を重ねるにつれて各自の成長や人間関係の変化が描かれているのも、シリーズものならではの特徴である。二〇一四年夏には作者と William Morrow 社との間で新たにシリーズ四作品の執筆契約が締結されたとのニュースも報道されたので、これからもまだまだシグマフォースの活躍が楽しめそうだ。

シグマフォース・シリーズの邦訳作品および日本でのシリーズ番号を、今後の予定も含めて記すと以下のようになる（【　】内の数字はアメリカでの刊行年）。

⓪ *Sandstorm*【二〇〇四：邦訳『ウバールの悪魔』（竹書房）】
① *Map of Bones*【二〇〇五：邦訳『マギの聖骨』（竹書房）】
② *Black Order*【二〇〇六：邦訳『ナチの亡霊』（竹書房）】
③ *The Judas Strain*【二〇〇七：邦訳『ユダの覚醒』（竹書房）】
④ *The Last Oracle*【二〇〇八：邦訳『ロマの血脈』（竹書房）】
⑤ *The Doomsday Key*【二〇〇九：邦訳『ケルトの封印』（竹書房）】
⑥ *The Devil Colony*【二〇一一：邦訳『ジェファーソンの密約』（竹書房）】
⑦ *Bloodline*【二〇一二：邦訳『ギルドの系譜』（竹書房）】
⑧ *The Eye of God*【二〇一三：邦訳『チンギスの陵墓』（竹書房）】
⑨ *The 6th Extinction*【二〇一四：邦訳『ダーウィンの警告』（仮題）二〇一六年秋刊行予定】
⑩ *The Bone Labyrinth*【二〇一五】

ところで、これらの作品とは別に、シグマフォースが登場する短編作品が三つ存在する。一つ目は、アメリカを代表する三十二人のミステリー・アクション系作家の作品を集めた *Thriller:*

Stories to Keep You Up All Night（二〇〇六）に収録されていた『コワルスキの恋』（*Kowalski's in Love*）で、これは日本の読者にも人気のある登場人物ジョー・コワルスキが、シグマに加わるきっかけとなった事件を扱った作品である。コワルスキのコミカルなキャラクターが存分に発揮されていて、彼が「サル」を嫌いになった原因が描かれているとともに、これを読めばシリーズ④『ロマの血脈』でコワルスキと再会した時に、シャイ・ロサウロがとった態度もうなずける。

二つ目の『セイチャンの首輪』（*The Skeleton Key*）は、シリーズ⑥『ジェファーソンの密約』のアメリカでの刊行に合わせて電子書籍版のみという形で発売され、後にペーパーバック版が出る時にその巻末に収録されている。『ジェファーソンの密約』の冒頭で、謎の女暗殺者セイチャンは、シグマと対立するテロ組織ギルドの起源に関する情報をグレイに提供する。だが、その情報をセイチャンが入手した経緯については、その場所がフランスらしいということと、彼女がそのせいで首に傷を負ったらしいということしか明かされていなかった。この作品では、セイチャンがギルドに関する情報を手に入れたことだけでなく、ある街を大惨事から救った過程についても記されている。常に冷静で他人を信用しないセイチャンの性格がよく現れたストーリーでもある。

三つ目の『タッカーの相棒』（*Tracker*）も同じように、シリーズ⑦『ギルドの系譜』のアメリカでの刊行時に電子書籍版として発売になり、ペーパーバック版が出る際にその巻末に収録された。『ギルドの系譜』で初めて登場した元陸軍大尉のタッカー・ウェインと、彼の「相棒」の軍用犬ケインが、シグマと作戦を共にする前の活躍を扱った作品で、ここでもタッカーとケインとの深い絆が描かれ、ケインの視点からの描写も取り入れられている。『ギルドの系譜』の冒頭で、タッカーとケインがなぜアフリカはタンザニアのザンジバルにいたかについても、ここで明らかにされている（なお、タッカーとケインを主人公とした「タッカー・ウェイン・シリーズ」の一作目 *Kill Switch* が、ジェームズ・ロリンズとグラント・ブラックウッドとの共著で二〇一四年に刊行されている。この作品も竹書房から二〇一六年の初夏に邦訳が出る予定である。また、アメリカでは二〇一六年春にシリーズ二作目の *War Hawk* が刊行されるということだ）。

　これらの短編三作品に、「シグマフォース・ガイド」（*Sigma Guide*）を合わせた二部構成になっているのが、本書『Σ FILES〈シグマフォース〉機密ファイル』である。「シグマフォース・ガイド」は、作者ジェームズ・ロリンズのウェブサイトからダウンロードするという形式で発表されたもので、シグマフォースの紹介、シグマとギルドとの対立の歴史、シグマの隊員をはじめとする主な登場人物の経歴、シリーズ⓪からシリーズ⑦までの過去の任務の内容紹介や評価、今までに扱った歴史的事実や科学的事実の詳細などで構成されており、まさにこのシリーズの「ガイドブック」と位置付けることができる。各作品のストーリーに関しては、重要なところが「非公開」で隠されているので、未読の作品の場合は「ネタバレ」になる心配はない。また、既読の作品であっても、新たな情報や知識が得られるかもしれない。なお、「シグマフォース・ガイド」が発表されたのは、シリーズ⑦『ギルドの系譜』がアメリカで刊行されてから間もない時期であった。この作品の中で明らかになった事実に関して、登場人物紹介のところなどで記されていなかったり、ぼかした書き方がされていたりするのは、直近の作品の内容に触れないよう配慮したためと思われる（あるいは、その内容を反映して加筆・修正する時間がなかったのかもしれない）。そのため、『ギルドの系譜』をすでに読んだ方にとっては、踏み込んだ書き方をしていないように感じられる箇所があるかもしれないが、そういった事情のためということでご了承いただきたい。

短編三作でこれまでのシリーズでは描かれていなかった隙間を埋めると同時に、ガイドでシリーズ⓪から⑦までの八作品を振り返り、未読の作品があれば買うかどうかの判断材料にしていただければ幸いである。『ギルドの系譜』はシグマと宿敵ギルドとの最終（？）決戦を描いており、シリーズの転換点に当たる作品でもあった。その意味でも、このような形でこれまでのシリーズを振り返るちょうどいい時期なのかもしれない。

最初にも書いたように、最新作のシリーズ⑧『チンギスの陵墓』も本書と同時に刊行されている。これまでのシリーズの作品と同じく、歴史的事実と科学的事実が絡み合った壮大なストーリーが展開するが、それと同時に本書のガイドの登場人物紹介のところに早くも重要な加筆が必要になる事態も発生する。グレイとセイチャンの仲がより親密になるとか（実際にそうなったかも）、モンクとキャットとの間に三人目の娘が生まれるとか（そのうち生まれるかもしれないが）、コワルスキがダイエットを決意するとか（これはありえない）、そのようなレベルの話ではない。悲劇と衝撃の結末が待っているということだけを記しておこう。

最後になったが、本書の出版に当たっては、竹書房の富田利一氏、オフィス宮崎の小西道子氏、校正では白石実都子氏、中島香菜氏、社田時子氏に大変お世話になった。この場を借りてお礼を申し上げたい。

二〇一五年九月

桑田　健

待望の第８弾
絶賛発売中！
上・下巻 各 文庫版・定価 700 円＋税
その墓が暴かれし時、

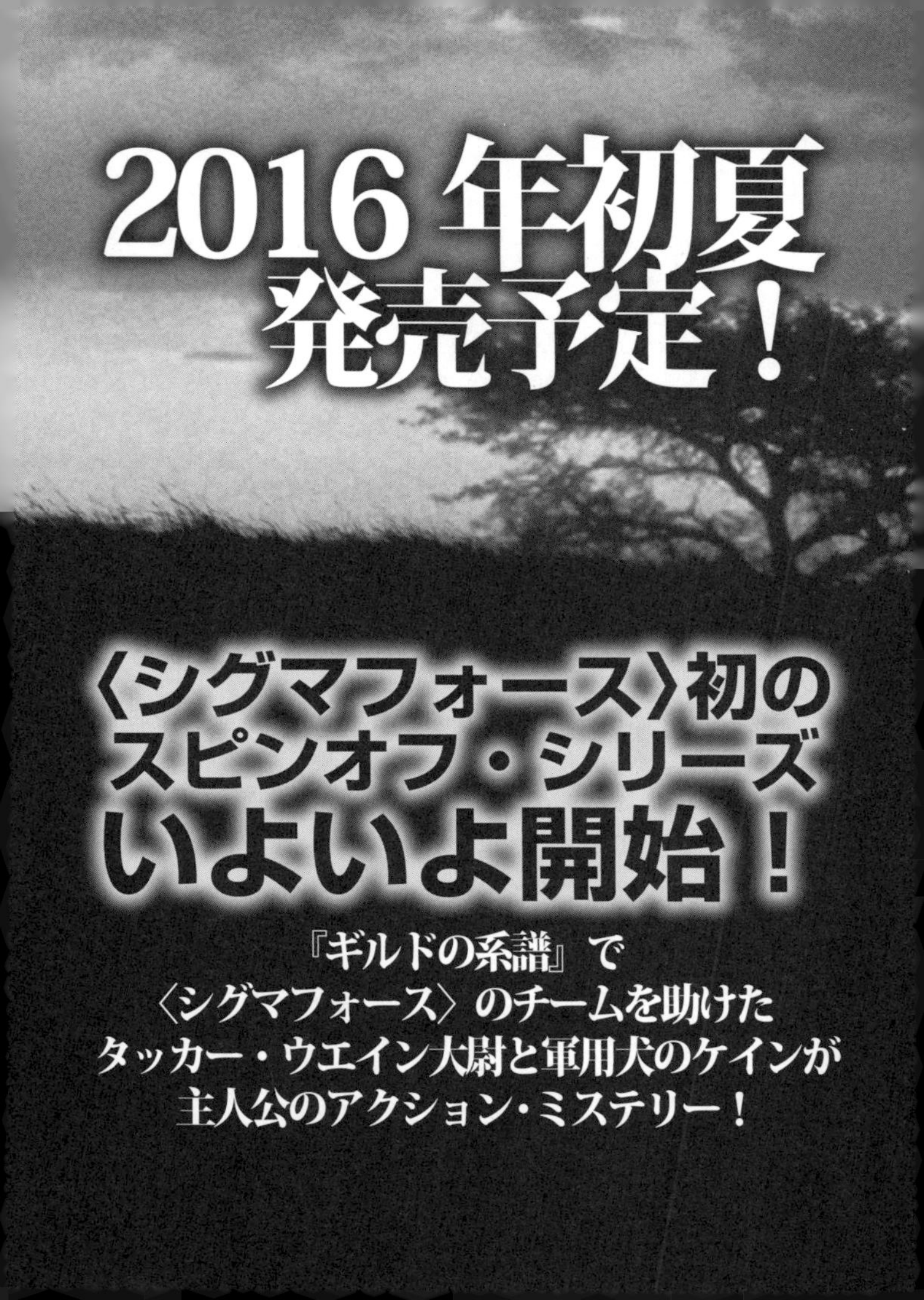
2016年初夏
発売予定！
〈シグマフォース〉初の
スピンオフ・シリーズ
いよいよ開始！
『ギルドの系譜』で
〈シグマフォース〉のチームを助けた
タッカー・ウエイン大尉と軍用犬のケインが
主人公のアクション・ミステリー！

THE
KILL
SWITCH
キル・スイッチ（原題）

シグマフォース シリーズⓍ
Σ FILES〈シグマフォース〉機密ファイル
2015年11月5日　初版第一刷発行

著……………………………………… ジェームズ・ロリンズ
訳…………………………………………………………桑田 健
編集協力……………………………… 株式会社オフィス宮崎
ブックデザイン………………………橋元浩明（sowhat.Inc.）
本文組版………………………………………………… IDR

発行人………………………………………………… 後藤明信
発行所…………………………………………… 株式会社竹書房
〒102-0072　東京都千代田区飯田橋２－７－３
電話　03-3264-1576（代表）
03-3234-6208（編集）
http://www.takeshobo.co.jp
印刷・製本………………………………… 凸版印刷株式会社

ISBN978-4-8019-0510-8　C0197
Printed in JAPAN